울 땐 엎드려 울어

은미향 소설집

영향력 실은 작가선 02
밤의출항

울 땐 엎드려 울어

은미향 소설집

영향력 실은 작가선
밤의출항

울 땐 엎드려 울어

겨울

머리칼 10
이사 26

봄

황태 46
울면 안 돼 72

여름

일본근대문학관의 우산 92
희자 107
눈썹을 만지는 오후 124

가을

좋은 건가 146
안녕, 위고 164

파생소설 182
영향력 실은 작가선 소개 186

겨울

머리칼
내가 쓴 것은 항상 쓰려고 했던 것과는 다르다

이사

머리칼

"너는 절대로 소설 같은 거 쓰지 마."

술 취한 아빠가 꼬부라진 혀로 말했다. 없는 일을 문장으로 쓰고 그 문장에 마침표를 찍는 것으로 그것이 문장이라는 걸 선언할 때마다 머리카락도 한 올씩 빠질 거라고. 엄마는 애한테 무슨 헛소리냐고 짜증을 냈지만 술 취한 사람은 사태 파악이 연체로 쌓일 뿐.

"머리카락이 빠진다는 건 단순히 머리카락에 관한 일만은 아니다. 뭐든 네 몸에서 빠져나가기 쉬워진다는 거니까."

아빠는 소설가였고, 대머리였다.

열일곱 살 되던 날이었다. 아빠는 생일선물로 야시카를 주며 그 말을 또 했다. 야시카는 엄마가 혼수로 가져온 일제 카메라였는데 결국 엄마보다 더 오래 식구로 남았다. 엄마가 죽고 맞은 첫 생일에 아빠는 내게 그걸 선물한다고 말했다. 이미 아무도 쓰지 않아 나 혼자만 쓰고 있었지만 아빠는 그 사실을 선언으로 공식화했다. 이제 그건 네 거야. 그런데 카메라가 어디에 있지? 이미 오래전부터 내가 갖고 있었다.

절대로 소설을 쓰지 말란 말을 들었을 때만 해도 소설가가 되겠다는 생각 같은 거 해본 적 없었다. 무엇이 되어야겠다거나 되지 말아야겠다는 생각 자체가 없었던 때였는데 아빠는 왜 그런 말을 했을까. 너는 아빠 같은 남자 만나지 말아라, 너는 엄마처럼 살지 말아라, 너는 꼭 정규직이 되어라. 많은 부모가 자식에게 거는 주술 같은 것이었을지 모른다. 하지만 당시엔 문장을 쓰는 만큼 머리카락을 잃게 될 거고 머리카락을 잃는 것은 뭐든 잃기 쉬운 상태가 되는 거란 아빠 말이 그렇게 무서울 수 없었다. 그땐 미처 생각해볼 엄두도 못 냈지만 막상 생각해보려 해도 떠오르는 대머리 소설가 하나 없는데. 적어도 우리나라 작가 중에는, 무명에 가까운 아빠를 빼면은.
  "안 쓸게. 마침표 같은 거 안 찍을 거야."
  처음 그 말을 들었을 때 나는 롯의 아내만큼이나 굳은 각오를 약속했다.
  두 번째 그 말을 했을 때 아빠는 사진으로 찍는 건 있는 거고 눈에 보이는 거고 무엇보다 문장이 아니라 마침표를 찍을 수 없는 거라서 소설보다 훨씬 안전하니까, 혹시라도 뭔가 쓰고 싶어지면 대신 사진을 찍으라고 했다. 야시카는 좋은 카메라니까 셔터만 제대로 누르면 원하는 장면을 포착하게 될 거라고. 오래 소설을 발표하지 못했어도 한번 소설가라고 불린 후로 영원히 소설가가 돼버린 아빠는 소설보다 사진을 만만하게 보는 것 같았다.
  어쨌든 그때까진 한 번도 소설 같은 거 쓰고 싶은 적 없었으니 그런 거 쓰지 않은 채로 십칠 년을 살아온 터였다. 그런데도 스물셋이 되던 해 나는 완전히 대머리가 되었다.

머리카락이 본격적으로 빠지기 시작한 건 열여덟부터였다. 엄마가 살아있을 땐 욕실 수챗구멍에 격렬하게 엉켜 있는 머리카락 뭉치에 관심 가질 틈이 없었다. 어제 감으며 빠진 머리카락을 오늘 다시 볼 일이 없었던 거다. 엄마가 죽고, 물 내려가는 속도가 시원찮다 싶어 수챗구멍을 살피면 거기 머리카락들이 시커멓게 똬리를 틀고 있었다. 처음엔 머리가 워낙 길어 그런가 보다 했다. 그동안 엄마가 꼬박꼬박 머리카락을 걷어서 버려왔던 거구나, 그제야 알았다. 수챗구멍, 수챗구멍, 발음하다 보면 꼭 시체구멍 같은 수챗구멍에 매일매일 내 몸에서 빠져나온 머리칼들이 죽어 시체처럼 쌓이고 있었다. 그래도 머리를 감은 직후 곧바로 머리카락을 모아 버리는 일이 몸에 익지 않아 몇 달에 한 번은 꼬챙이로 하수구 아래쪽까지 쑤셔야 했다. 옷걸이를 길게 편 후 반으로 접고 구멍에 넣어 몇 번 쑤시면 물길을 막고 있는 머리카락 뭉치들이 옷걸이에 걸려 올라왔다. 온갖 물때가 단단히 뭉쳐진 머리카락들은 흙과 함께 뭉친 눈처럼 더러웠다. 아빠는 대머리니까 그건 오직 내 두피에서 빠져나간 것이었을 텐데도 차마 맨손으로 만지고 싶지 않아 비닐장갑을 꼈다. 그래도 처음엔 그게 다였다. 귀찮고, 더럽고, 엄마 보고 싶다⋯. 정작 머리카락이 매일매일 그렇게 빠진다는 것에는 미처 신경을 쓰지 못했다.

  나는 어렸을 때부터 워낙 머리숱이 많았다. 엄마와 미용실에 가면 미용사들이 엄마를 보며 무슨 애가 이렇게 머리숱이 많으냐고, 한 손에 잡히지도 않을 정도라고 했다. 그게 뭐라고 엄마는 괜히 자랑스러운 얼굴이었다. 쟤가 태어날 때부터 머리가 새카맣게 길어서 나왔어요, 하는 표정은 쟤가 어렸을 때부터 머리가 좋아서 한글을 세 살에 뗐잖아요, 같은 말을 할 때나 지을 법한 표정이었다. 정작 나는 머리카락이 너무 많은 게 싫었다. 곱슬머리인 데다 잔머리가 많아 묶어도 말끔하지 못했고 풀면 산발이 됐다. 미용실 갈 때마다 조금씩 숱을 속아 냈고 오히려 머리카락이 적당히 빠져주길 바랐다. 물론 대머리가 되기를 바란 적은 없었다. 소설 같은 건 쓰지도 않았고, 무엇보다 여자 대머리는 본 적도 없었다.

  수챗구멍에 얽힌 머리카락들을 직접 모아 버리기 시작한 이후 언젠가부터 아직 빠지지 않은 머리칼이 조금씩 늘어지는 게 느껴졌다. 원래도 손가락이 한번 들어가면 매끄럽게 빠져나오지 못하는 머리카락 더미였지만 어느 날부턴가 손가락에 걸린 머리카락이 고무줄처럼 주욱 늘어난다는 느낌을 받은 것이다. 쉽게 늘어날 만큼 얇아진 머리카락은 모공에 단단히 매여있질 않았다. 그런데도 설마 탈모가 진행되고 있을 거라곤 한 번도 의심해보지 않았는데 어느 날 학교 화장실에서 마주친 얼굴만 아는 어떤 애가 친절하게 말해줬다. 야 너 머릿속이 다 보여, 휑해. 조명이 밝아서 그런가 하고 넘어갔지만 그 후 실제로 불빛 밝은 곳에서 거울을 보면 정수리가 휑한 게 눈에 띄게 두드러졌다. 불빛이 밝지 않은 곳에서도 정수리 속 두피가 훤히 보이기까지는 오래 걸리지 않았다. 아빠가 한 번에 수십만 원짜리 치료를 권했지만 엄마가 남긴 보험료를 그런 데 쓰고 싶지 않았다. 치료 효과를 보장할 수 없기도 했지만 그땐 괜히 그런 마음이었다. 머리카락 따위 뭐가 대단해. 이모도 그랬다. 한창 예민할 때 엄마 그렇게 되고 공부도 힘들 때고 하니 일시적인 현상이라고, 대학 가면 다 좋아질 거라고. 희한하게 그 부분에서만큼은 애들이나 어른이나 똑같은 생각을 하고 있었다. 뭐든 대학만 가면 좋아질 거라는 이상한 낙관.

그렇게 얼마 남지 않은 모발을 가지고 대학에 입학했을 때 학부에는 내가 암 환자라느니 백혈병 환자라느니 하는 소문이 돌았다. 머리카락이 많이 빠지면 제 나이보다 더 들어 보이기도 하지만 아파 보이기도 하니 오해할 만했다. 스무 살도 되고 대학에도 왔으니 이제 남은 건, 모든 게 다 이뤄지고 좋아지는 일뿐이라는 무언의 기대로 가득 찬 캠퍼스에서는 처음 보는 애들도 눈이 마주치면 괜히 웃으며 응원하는 눈빛을 보냈다. 무엇보다 그들은 단 한 번도 내 머리에 관해 언급하거나 오랫동안 시선을 두지 않았다. 키 작은 친구는 작다고 놀리고, 못생긴 친구는 못생겼다고 놀렸지만, 내 머리숱에 대해서는 그 누구도 놀리지 않았다. 모두 서로를 놀릴 때도 나는 아무도 놀리지 못했다.

어떤 친구들은 두피에 좋은 약초나 음식 정보 같은 걸 메시지로 보내줬다. 하지만 정작 나는 치료나 회복 같은 것에 기대를 걸지 않았다. 희망은 일종의 재능이었지만 자주, 저주였으니까. 희망을 가져야지 마음 먹는다고 가질 수 있는 것도 아니고 희망 같은 거 품지 말아야지 한다고 마음속에서 완전히 없앨 수 있는 것도 아니었다.

나도 생각 안 해 본 건 아니었다. 왜 이렇게 됐을까. 언제부터 이렇게 됐을까. 친구 중에도 간혹 입시 스트레스로 원형 탈모 같은 걸 겪는 경우가 있었지만, 그 친구들이야말로 금세 회복해 대학 가면 다 좋아질 거라는 미신을 증명해냈는데 왜 나만 이럴까. 나는 고민 끝에 가설 하나를 세웠다. 대학 가면 다 좋아질 거라는 미신 대신 아빠의 말을 증명해가고 있는 중이라는 거였다.

엄마가 죽은 후 한순간도 머릿속을 비울 수 없었다. 엄마에게 하지 못했던 말이 끝없이 떠올랐고 하고 싶은 말도 끝이 없었으며 엄마와 함께하지 못한 사소한 순간들이나 앞으로도 함께 할 수 없을 수많은 사건의 장면들 또한 쉼 없이 재생됐다. 그때 이렇게 말했더라면, 이렇게 하지 않았더라면, 엄마와 이런 걸 같이 할 수 있다면, 하는 생각들은 한번 하기 시작하면 그냥 놓아버릴 수 없었다. 하수구로 흘러가 버리지 않고 수챗구멍에 고스란히 쌓이는 머리카락들처럼 서로 얽히고 설켜 단단해졌다. 소중한 추억이나 우리가 함께했던 것들, 내가 엄마에게 나도 모르게 주었을 기쁨 같은 것들은 하나도 떠올릴 수 없었고 오직 그런 것들만 생각났다. 하지 못했고 하지 말았어야 했고 지금은 물론이고 앞으로도 절대 할 수 없을 것들만이 끝도 없이.

　그런 것들이 바로, 종이 위에 쓰이지 않았을 뿐 내가 써 온 허구의 문장들이었던 거다. 나는 깨어있을 때는 물론이고 꿈속에서도 끝없이 문장을 썼다. 소설이라 불러도 족할, 실제의 내게서 비롯됐지만 그렇다고 사실은 아닌 허구의 이야기뿐이었다. 어떤 것도 체험의 기록은 아니었다. 그러니까 나는 아빠와의 약속을 어기고 소설을, 문장을 너무 많이 쓰고 있었구나. 롯의 아내처럼 나는 결국 뒤돌아보고 만 것이구나. 아빠 말이 다 맞았구나. 탈모 치료에 큰 기대 걸지 않은 것도 내가 내 죄를 어렴풋이 알고 있었기 때문이었던 것 같다.

　그래서 나는 스물셋이 되기 전에, 뜨거운 여름 오후 아스팔트 위 아지랑이같이 남아 있던 머리카락들을 모두 밀어버렸다.

　그리고 그날부터 본격적으로 소설을 쓰기 시작했다.

　세상에 존재하지 않는다는 여자 대머리가 되어 스물셋을 맞은 다음 날 나는 제주로 여행을 갔다. 과연 명성에 걸맞은 세찬 바람이 불어댔다. 날리는 머리카락을 내내 정돈하지 않아도 된다는 점은 편했지만 확실히 추위에 취약해진 것 같긴 했다. 목적지 없이 돌아다니다 우연히 들른 빈티지 가게에서 털모자를 하나 샀다. 가게주인은 나이를 짐작하기 어려운, 하지만 빈티지 가게 주인다운 그런 스타일이었다.

 털모자 같은 걸 써본 기억이 없어서 고르기 쉽지 않았다. 머리를 밀고 난 후 기분이며 감촉이 모두 낯설어서 나도 모르게 자꾸 머리를 쓰다듬어 보는 버릇이 불과 몇 시간 만에 생겼는데 털모자 고르면서도 그랬던 모양이다. 머리를 만지며 구경만 하고 있으니 가게 주인이 써봐도 된다고 말했다. 네, 대답하고도 한참을 더 눈으로만 구경했다. 잠시 후 카운터를 지키던 그가 다가와 털모자 하나를 권했다. 밝은 연두색에 짙은 남색 실이 섞인 것이었는데 색이 너무 튀는 것 같다고 손을 저었더니 일단 한번 써보기나 하라고 했다. 자기가 권한 건 손님들이 백 퍼센트 만족한다고 하도 싹싹하게 말하기에 시키는 대로 머리에 얹어보았다. 슬쩍 얹기만 하고선 내가 봐도 어색한 내 모습을 거울에 비춰보고 있으니 그는 조금 더 눌러쓰라고 했다. 다시 한번 시키는 대로 조금 더 눌러쓴다는 게 힘 조절을 못 하고 눈썹이 덮이도록 푹 눌러쓰고 말았는데 이번에는 이마가 보이도록 앞쪽을 좀 더 올려 쓰는 게 좋겠다고 조언했다. 모자를 고쳐 쓴 후 거울을 보는데 그가 모자 꼭대기를 살짝 당겨 뒤로 눕혀주는 게 보였다. 눈이 마주치자 그는 싱긋 웃으며 이렇게 하니까 스타일 확 살죠, 학생? 했다. 그렇다고 해야 할 것만 같아서 그 표시로 털모자를 그대로 쓴 채 만오천 원을 계산했다. 예상했던 호기심 어린 질문이나 동정 어린 눈빛 없이 깔끔한 영업이었다.

 사람들은 대부분 내 나이를 실제보다 많게 봤다. 많게는 열 살, 스무 살도 더 많게 봤다. 그런 와중에도 간혹 실제 내 나이를 짐작해내는 사람들이 있었는데, 내 생각에 그런 사람들은 다른 사람을 구체적으로 보는 사람들이다. 어떤 인상으로, 전체적인 느낌으로 두루뭉술하게 보거나 지금까지 봐왔던 방식에 맞춰 보지 않고 사람을 사람마다 그 사람으로, 구체적으로 자세히 들여다보는 사람들이 드물게 있었다. 경험상 그건 중년 여성들이 주로 가진 능력이었다.

그 덕분인지 머리카락이 없는 머리를 가리기 위해 모자를 썼다는 기분이 들지 않고 정말 잘 어울려서 썼다는 기분이 들었기 때문에 바닷소리가 들릴 만큼 해변에서 가까운 카페에 들어가 앉았을 땐 자연스럽게 모자를 벗었다. 벗을 때 소리가 난 것도 아닌데 카페 안의 많은 사람이 나를 쳐다봤다. 탈모가 상당히 진행돼 속이 듬성듬성 보일 때부터 시선을 자주 느껴왔지만 한 올도 남아 있지 않은 여자의 대머리는 더욱더 확실히 시선을 끌었다.

아빠는 불같이 화를 냈다. 머리카락 빠지는 거야 내가 선택한 게 아니니 대놓고 화를 내거나 뭐라고 하지 않았지만 그나마 남아있던 머리를 완전히 밀어버린 건 명확히 내 선택이니까 화를 내도 된다고 생각한 모양이었다. 그동안 화내고 싶었던 걸 오래오래 참아온 건지도 몰랐다. 여행 전날, 머리를 밀고 집에 들어갔을 때 아빠는 여태 들어본 가장 높은 목소리로 화를 냈다. 여자가 그게 뭐냐고, 아직 완전히 머리가 다 빠져버린 것도 아닌데 관리를 좀 하던가 차라리 가발을 쓰지 대체 머리를 밀어버리면 어쩌느냐고, 그래서 시집은 가겠느냐고, 너는 왜 그렇게 포기가 빠르냐고, 대체 무슨 생각을 하고 사는지 모르겠다고 소리 소리를 질러댔다.

아빠는 소설가였지만 엄마가 아프기 전부터 이미 오랫동안 책도 내지 않고 작품도 발표하지 않았다. 어차피 유명한 소설가도 아니었기 때문에 소설을 쓰지 않는다고 해서 누구 하나 이상하게 여기지도 않는 것 같았다. 다만 나는, 아빠가 뭔가 쓰기를 몇 년간 기다려왔다. 엄마가 죽고 난 후 아빠는 부쩍 말수가 줄었는데, 막상 아빠한테 무슨 말을 해야 할지 몰라서 나 역시 말수가 줄어들고 말았다. 한집에 살면서도 서로 말이 없으니 가끔은 아빠 안부가 궁금했다. 아빠는 대체 무슨 생각을 하고 사는지, 머릿속에는 뭐가 들었는지, 잘 지내고 있는지 궁금해서 소설을 통해서라도 안부를 듣고 싶었다.

  내가 어렸을 때 아빠는 내 사진을 정말 많이 찍었다. 야시카가 내 수중에 들어오기 전, 엄마가 아프기 전에는 아빠가 항상 지니고 다니는 소지품이었다. 아빠의 작가 친구들이, 소설가가 소설은 안 쓰고 딸 사진만 찍어댄다고 차라리 사진작가를 하라고 할 정도로 정말 많이도 찍었다. 그러면 아빠는 찍고 싶은 건 나랑 엄마뿐이라서 사진작가는 못 한다고 했다. 집 앞 공원만 가도 카메라를 챙기는 아빠였으니, 해수욕장에라도 다녀오면 필름 세 통쯤 쓰는 건 일도 아니었다. 그렇게 찍은 나와 엄마 사진은 앨범에 다 꽂을 수 없어 문갑 안에 뭉텅이로 쌓여 있었다.

  하루는 아빠가 고개를 숙인 채 내 사진들 보는 걸 봤다. 그런 아빠를 나는 못 본 척했다. 아빠는 나나 엄마보다 훨씬 더 잘 우는 사람이었다. 하지만 엎드려 있지 않았으니까 우는 건 아니었을 거라고, 그렇게 생각하고 싶었다. 아빠가 쓴 소설에 이런 구절이 있었다.

  울 때는 엎드려서 울어, 그렇지 않으면 눈물이 네 피부를 타고 귀나 입속으로 흘러 들어가 영영 네 몸속에 남으니까. 하지만 엎드려서 울면 눈물은 이마를 받치는 손으로, 얼굴을 댄 책상으로 떨어지고, 그러면 그 눈물을 나에게서 완전히 분리해버릴 수가 있거든. 그러니까 이제부터 울 일이 생긴다면 반드시 엎드려 울어, 눈물이 네 안에 남지 못하게.

제주 여행에서 돌아온 후 제주에 머무는 동안 쓴 소설을 인쇄해 아빠 방에 놔두고 학교에 갔다. 다들 깜짝 놀라겠지만, 학교에 가지 않는다면 거의 집에만 있는 아빠와 종일 같이 있어야 했기 때문에 방학이라도 학교에 나가는 쪽이 마음 편했다. 완전히 머리를 밀고 난 후 오히려 더 마음이 편해져서 굳이 모자로 가릴 필요를 못 느꼈지만 이래저래 성가실 것 같아 제주에서 산 털모자를 썼다. 하지만 아무리 모자를 써도 목 뒤쪽에 파슬파슬하니 올라온 머리카락 자국까지 완전히 덮이진 않아 사람들은 귀신같이 알아봤다. 여전히 놀리는 사람은 없었고 다들 멋있다거나 왠지 잘 어울린다는 식의 말을 한마디씩 했다.

방학 동안 매일 아침 열 시면 학교 도서관에 도착해 밤 열 시가 될 때까지 소설을 썼다. 이게 말이 되기는 하는지, 이런 걸 소설이라고 부를 수 있는지 확신할 수 없었지만 그런데도 내가 쓰고 있는 게 소설이라는 생각이 들었다. 어떤 날은 밥때도 잊을 만큼 집중해서 몇 시간을 내리 앉아 화장실 한번 안 가고 쓰기도 했다. 밤은 쉽게 왔다. 시간이 벌써 이렇게 됐나, 쓰는 걸 멈추고 머리에 손을 얹어보면 하루 새 머리카락이 꽤 자라 손끝에 까슬한 촉감이 전해졌다. 그럴 리 없겠지만 많이 쓴 날엔 머리카락도 더 많이, 더 길게 자란 기분이 들었다.

쓰다가 막히면 아빠가 쓴 소설을 찾아 읽었다. 지금보다 더 어렸을 때도 아빠 소설을 읽었지만 재미가 없었다. 최근엔 발표한 작품이 없으니 예전에 읽었던 것들을 다시 읽었는데 너무 당연한 거겠지만 모두 처음 읽는 글처럼 낯설었다. 내가 태어나기도 전에 썼던 젊은 글이 아빠를 또래로 느끼게 했다. 그러고 보니 아빠가 가장 많은 소설을 썼던 게 이십 대 초중반이었다.

아빠가 한 문예지에 발표한 「머리칼」이라는 단편에는 만성 두통에 시달리는 남자 이야기가 나온다. 신경통이 심할 때 귀를 뚫어주면 혈이 뚫려 통증이 완화된다는 속설이 있는데 소설 속 남자는 두통이 심할 때마다 머리카락을 하나씩 뽑았다. 머리카락을 뽑으면 마치 막혔던 하수구가 뻥 뚫리는 것처럼 숨통이 트인다고 생각했던 것이다. 남자는 우리 몸에 노폐물을 내보내기 위한 구멍이 수도 없이 많지만 머리칼은 마치 와인병을 꽉 막고 있는 코르크 마개처럼 두피를 단단히 막고 있어서 두통이 거기서 비롯된다고 믿는다. 매일매일 머리카락이 자연적으로 빠지긴 하지만 그렇게 빠진 자리에는 금세 새로운 머리카락이 올라오기 때문에 두통이 심할 때는 직접 머리카락을 뽑아서 의식의 혈을 뚫어주는 것이었다.

만성두통이라고 했으니 머리가 아플 때마다 머리카락을 뽑다가는 결국 대머리가 되는 게 아닐까 나도 모르게 걱정하며 소설을 읽어나갔는데 남자의 머리카락은 뽑아도 뽑아도 새로 났고 대머리가 된다거나 하는 극적인 일 같은 건 일어나지 않은 채 여느 날과 같이 머리카락을 한 올 뽑으면서 끝이 났다.

방학 동안 도서관에서 읽은 아빠 소설은 대체로 이런 식이었다. 항상 뭔가 사건이 일어날 것 같은 분위기만 조성하고 아무 일 없이 끝나곤 했다. 아빠는 무슨 말이 하고 싶어 소설을 썼던 걸까. 그러는 나는,

무슨 말을 하려고 소설을 쓰고 있을까.

그렇게 똑같은 날들로 채운 겨울방학도 거의 끝나가고 있었다. 이제 일 년만 더 다니면 대학을 졸업해야 했다. 뭐든 다 해결되고 좋아지는 경험 같은 건 해보지도 못하고 대학 생활이 끝날 것 같은 예감이 들었다.

두 달 가까이 되도록 아빠는 내가 쓴 소설에 관해 아무 말이 없었다. 읽기는 한 건지, 너무 형편없어서 뭐라고 말해야 할지 모르고 난감해하는 건지 알 수 없었다. 아빠의 평가를 바랐다기보다 그저 이야기를 나누고 싶었던 것이긴 했지만 그렇게 오랫동안 한 마디도 없으니 왠지 의기소침해졌다.

개강 날이었다. 아침에 일어나보니 아빠는 없었고 식탁에 아침이 차려져 있었다. 뭔가 묵직한 종이 뭉치와 함께. 아빠가 새로 쓴 소설 같았다. 너무 두꺼워서 읽기 시작하면 첫 수업에 늦는 건 물론이고 반나절은 걸릴 게 분명했지만 읽지 않을 수가 없었다. 처음 읽는 건데도 등장인물이며 분위기가 왠지 낯설지 않았는데, 그건 내가 쓴 단편을 아빠가 장편으로 풀어쓴 거였다.

소설의 제목은 「스무 번」이었다. 주인공은 짝사랑하던 남자와 함께 밥을 먹던 중 이런 이야기를 듣게 된다. 지방 소도시에 일자리를 얻은 남자는 대학가 인근 작은 방에서 자취를 하고 있었다. 어느 날 시골에서 올라와 하루를 지낸 후 되돌아가는 어머니를 버스에 태워 배웅하면서 문득 앞으로 몇 번이나 더 이렇게 어머니를 배웅하게 될까 하는 생각을 하게 된다. 자취 시작한 후 일 년에 서너 번, 명절이나 어머니 생신에 고향에 가긴 했지만 어머니가 자신의 집에 다녀간 건

이삿날 이후 삼 년 만이었던 것이다. 당시 남자는 서른이었고 어머니는 쉰여덟이었다. 어머니가 팔십 세까지 산다면 남은 시간은 이십이 년 정도로, 지금처럼 삼 년에 한 번 자신의 집에 다녀간다고 생각하면 이제 일곱 번, 백 세까지 산다고 해도 겨우 열네 번 정도가 남았다는 계산이 나왔다. 스무 번도 안 되는 횟수였다. 떠나는 버스에 앉아 고개가 꺾어지도록 뒤돌아보며 손 흔드는 어머니의 저 모습은 앞으로 스무 번도 못 보겠구나 생각하며 서글픔을 느낀다.

그렇다고 해서 그 후부턴 고향에 더 자주 간다던가 전화를 더 자주 한다던가 어머니를 더 자주 모신다던가 하진 않고, 남자는 대신 한 가지 습관을 얻는다. 굉장히 즐겁거나 소중한 순간을 맞으면 항상 죽기 전에 이런 즐거움을 스무 번 이상 더 느낄 수 있을까 생각하고, 오랜만에 오랜 친구들을 만나면 죽기 전에 우리가 스무 번은 더 만날 수 있을까를 생각해보게 된 것이다. 그리고 불행히도 대부분의 경우 그런 것들이 스무 번 이상 되풀이되지 않을 거라는 결론에 이른다. 스무 번은 너무 많은가 해서 열 번으로 줄여 생각해보기도 했지만 결론은 늘 비슷하다.

그런 이야기를 하며 남자는 주인공에게도 말한다. 우리도 거의 일 년에 한 번 정도 얼굴 보는 거잖아. 너도 나도 각자 결혼하면 아마 일 년에 한 번도 어렵겠지만 크게 양보해서 일 년에 한 번 꼬박꼬박 본다고 해도 우리가 스무 번을 더 만나려면 이십 년은 걸리는 거지.

그날 이후 주인공 역시 남자와 같은 버릇을 갖게 되고 그건 마치 스무 번의 저주 같다고 여긴다. 하지만 남자와 마찬가지로 그렇다고 해서 특별히 행동이 달라지거나 하진 않는다. 그리고 남자의 예상대로 두 사람은 그 후 한 번 더 만나고 소식이 끊긴다.

여기에 아빠는 남자의 어린 시절부터 늙어서 죽음을 맞을 때까지의 일생을 장편으로 살을 붙였다. 남자가 소중하게 생각하는 모든 순간을 다 스무 번 이상으로 늘려 같은 일을 겪고 또 겪게 만든다. 주인공과는 어린 시절부터 자주 함께 만나 즐거운 시간을 보내게 하고 어머니뿐만 아니라 내가 쓴 단편엔 없었던 아버지까지 등장시켜 남자와 많은 것을 함께 하게 한다. 지금껏 읽어온 아빠의 소설과는 완전히 다른 소설이었다. 이야기와 사건을 여러 번 반복한 부분은 어쩔 수 없이 작위적으로 느껴졌다.

소설을 다 읽었을 무렵, 아빠가 문을 열고 들어오는 소리가 들렸지만 나는 내 방 밖으로 나갈 수가 없었다. 내 소설을 읽고 이렇다 할 말을 하지 않는 동안 아빠도 이런 기분이었을까. 나는 아빠처럼 다시, 아빠의 소설에 대답하는 소설을 쓸 수 있을까.

그날 밤, 나는 꿈을 꿨다.
꿈속에서 아빠가 내 머리를 만지고 있다 머리카락은 엄마가 죽기 전처럼 풍성하고 길고 굵었다 머리숱이 얼마나 많은지 두피가 전혀 보이지 않을 정도로 새카맸다 머리카락을 조금씩 뭉쳐 잡고 땋아 마치 레게 가수처럼 보였던 머리를 아빠가 하나씩 다시 풀며 손으로 빗겨주고 있었다 그렇게 머리를 풀면 엄마가 옆에서 땋았다 풀어서 구불구불해진 머리카락을 가볍게 쥐고 자세히 들여다보는 거였다 그리곤 뭐가 그렇게 재밌는지 깔깔깔 웃었다가 또 금세 심각한 표정이 됐다
나는 엄마한테 뭐 하는 거냐고 묻는다 엄마는 내 소설을 읽고 있다고 말한다

나는 반문한다 내 소설 그게 뭐야 나는 소설 같은 거 쓴 적이 없는데
그러면 다시 엄마가 말한다 네 머리칼마다 네가 쓴 문장이 적혀 있어
이번에는 아빠가 부연해 설명한다 네가 머릿속으로 한 생각들은 어디로도 사라지지 않고 매일 이렇게 머리카락으로 자라나오는 거야 그중 어떤 건 금세 빠져버리지만 대부분은 오래 남아 더 길게 길게 자라거든
아빠 나는 정말로 소설을 쓴 적이 없는데 그러면 대머리가 될지도 모른다고 아빠가 그랬잖아
아빠와 엄마는 동시에 웃는다 엄마가 다시 말한다 아빠가 장난친 거야 이 세상에 없는 일을 소설로 쓸 수 있는 사람은 없거든 지어내서 쓴 것도 사실은 다 있었던 걸 쓴 거야 눈에 보이진 않지만 적어도 내 기억이나 무의식 속에서 다 겪어낸 일들인 거지 아무리 훌륭한 소설가라고 해도 없었던 걸 소설로 쓰는 건 불가능한 일이야
나는 알 수 없고 엄마에게 묻는다 그럼 나 대머리 아니야
네가 왜 대머리야 이렇게 머리카락이 많은데
나는 여전히 알 수 없고 엄마와 아빠는 다시 내 머리카락을 읽는 데 집중한다 얼마나 집중했는지 숨소리조차 들리지 않고 내 머리칼을 만지는 아빠 손길도 더는 느껴지지 않는다
문득 불안해진 나는 잠깐도 견디지 못하고 다시 묻는다 엄마 아빠 뭐해 재밌어
잠시 후 엄마가 대답한다
응 너무너무 재밌어
아빠가 엄마의 말을 받아 말한다

그런데 조금 슬퍼

- 『여덟 번째 영향력』(2018.01. 발표)

이사

드라마를 보던 이숙이 여사가 고개를 돌려 나를 봤다. 요즘 이숙이 여사는 그렇게 종종 티브이를 보다 말고 나를 가만히 보곤 했다. 사냥감을 겨냥한 명사수처럼 흔들림 없는 눈빛으로. 그 시선에는 노련함이 있었다.

이숙이 여사와 나는 즐겨보는 프로그램이 다르다. 나는 미제 드라마만 보고 여사는 국산 드라마만 본다. 벌써 십팔 개월째 집에서 놀고 있는 나로서는 이숙이 여사가 챙겨 보는 몇 안 되는 드라마까지 못 보게 할 수 없어서 여사가 티브이를 보는 동안 옆에 드러누워 핸드폰을 만지작거리곤 했다. 그럴 때면 여사는 티브이를 보다 말고 핸드폰을 보는 나를 가끔 그렇게 봤다. 곁눈질로 한번 스윽 보고 마는 게 대부분이지만 가끔은 고개까지 돌려서 오랫동안.

처음엔 이숙이 여사가 쳐다본다 싶으면 나도 함께 마주 보고 물었다.

"왜?"

내가 "왜?" 하면 이숙이 여사는 "그냥" 하고 다시 티브이를 보거나 "뭐 하는데?" 물어보거나 "또 게임하냐"고 핀잔주거나 "얼굴이 그게 뭐냐"고 걱정하는 척하며 핀잔줬다. 그런 식으로 이숙이 여사는 쳐다보고 나는 "왜?" 하고 묻는 일이 몇 차례 반복된 후, 여사가 쳐다보는 게 느껴져도 핸드폰에서 눈을 떼지 않는 경우가 많아졌다. 그래도 여사는 좀 오래다 싶을 정도로 나를 볼 만큼은 보다가 다시 티브이로 눈을 돌리곤 했다.

그날, 주말 연속극을 보던 이숙이 여사가 또다시 좀 오래다 싶을 정도로 시선을 보낼 때 나는 게임을 하고 있었다. 나를 향해 있는 명백한 시선을 느꼈지만 게임을 멈추지 않았다. 주말 연속극에선 맥락 없이 순해 빠진, 금속성의 성과 계절성의 이름을 가진 여주인공이 그동안 겪은 억울한 일과 자신에게 해코지한 대기업 사장의 만행을 만인 앞에 낱낱이 폭로하는 장면이 나오고 있었다. 여사가 다시 드라마로 시선을 돌리고, 드라마라서 가능한 일이 드라마에서 한계도 없이 펼쳐지고 있을 때 나는 여전히 게임을 하며 말했다.

"저게 말이 돼? 도대체 현실적인 부분이 하나도 없어."

평소 같으면 "그러니까 드라마지, 드라마가 현실하고 똑같으면 무슨 재미로 보냐"고 했을 이숙이 여사가 "사람들은 저런 이야기 좋아해. 다들 재밌게 보는 드라만데 왜 너만 별나게 그러냐"고 반박했다. 나는 여전히 스마트폰 속 캔디를 깨부수는 걸 멈추지 않은 채 "유치해" 하고 말을 뱉었다. 그러자 여사는 "그래가지고 어디 인기 얻는 글이나 쓰겠냐"고 한 번 더 받아쳤다. 나는 지금껏 여사의 시선에 대꾸하지 않았듯 그 말에도 대꾸하지 않고 게임을 계속했다. 그런 대화는 국산 드라마를 같이 볼 때면 으레 나누던 우리 대화의 전형이었으니까. 내가 처음으로 보여준 소설을 읽었을 때도 여사는 '대중성이 떨어진다. 아마 대부분의 사람이 뭔 소린지 이해도 못 할 것'이라고 평가한 바 있었다. 나 역시 그 말에 조금의 이의도 제기하지 않았다.

그랬는데, 그전에 들어보지 못한 말도 아닌데, 그날은 이상하게 좀 이상했다. 내 눈은 여전히 색깔이나 모양이 같은, 그래서 서로 만나기만 하면 장렬히 깨부수어질 캔디들을 찾고 있었으나 캔디를 찾는 데 관여하는 신체 기관을 제외한 모든 신경 기관과 근육이 일순간 깊숙한 곳에서부터 진동을 일으키더니 순식간에 눈물이 솟구쳐 올랐다. 액체가 눈 밖으로 나와 볼을 타고 흐르지 않았다면 내가 울고 있다는 것도 미처 몰랐을 나는 자신도 인지하지 못한 감정의 변화에, 아니 감정이라기보다는 몸의 변화에 당황했고, 일단 눈물이 흘러나왔으므로 울면서 방에 들어갔다. 게임을 하다가 갑자기 아무런 말도 없이 울면서 방으로 들어가면 이상하니까, "어떻게 그런 말을 할 수가 있어?" 하고 쏘아붙이는 것도 잊지 않았다. 순식간에 차오른 눈물이 내 의지에 의한 것이 아니었듯, 그 발화 또한 나의 의지와는 크게 상관이 없는 것이었다. 그러므로 나는 메뉴판에 없는 메뉴를 큰 소리로 주문한 손님처럼 몹시 당황스러웠다.

이숙이 여사 역시 못잖게 당황한 듯했지만 일단 차분함을 유지한 채 나를 따라 방으로 들어왔다. 이유를 몰랐을 이숙이 여사는 일단 본능적으로 "네 소설 얘기 아닌데?" 하고 항변했다. 알고 있었다. 하지만 나는 내가 쓴 소설을 읽은 바 있는 이숙이 여사가 그런 말을 하는 건 내가 쓴 소설에 대해서 그런 말을 한 것과 마찬가지라고 쏘아붙였다. 여사는, "그런 뜻으로 한 말은 아니었지만 앞으로 네가 인기 있는 작가가 되려면 사람들이 좋아할 만한 이야기도 좀 쓸 줄 알아야 한다고 생각하긴 한다"라고 했다. 그 말의 속뜻을 모르지 않았다. 하지만 이번에는 "내가 왜 사람들 취향에 맞춰서 글을 써야 하냐"고 소리를 질렀다. 여사는, 왜 그냥 하는 이야기를 이렇게 예민하게 받아들이느냐고 그런 뜻이 아닌 걸 알지 않느냐고 나를 달랬다. 여사의 말이 맞았다. 나는 이숙이 여사의 그 말을 나쁘게 받아들이지 않았다. 그런데도 이미 돌이킬 수 없었으므로 굳히기에 들어갔다.

"어떻게 다른 것도 아니고 내 글에 대해서 그렇게 말할 수가 있어? 다른 사람도 아니고 엄마가?"

이상한 일이었다. 이숙이 여사가 어떤 마음으로 그 말을 했을지 잘 알았고, 그래서 그 말을 듣고도 정말 아무렇지 않았다. 희한하게 갑자기 눈물이 나고, 마음과 다른 말들이 내 목구멍에서 자꾸 튀어나왔을 뿐. 설상가상으로, 당황스러운 마음은 원망하는 눈빛으로 출력되어 여사를 노려보고 있기까지 했다. 실로 당황스러운 일이 아닐 수 없었다. 마치 내 안에 말하는 개가 들어온 것 같았다.

말을 할수록 상황이 나빠졌기 때문에 나는 성난 얼굴과 화난 목소리로 이숙이 여사에게 "그만하자"고 말했다. 이것만이 이 모든 이상한 상황을 마무리 지을 수 있는 최선의 방법이라는 믿음으로 "내 방에서 나가"를 덧붙였다. 이숙이 여사는 인내심을 갖고 조금 더 나를 달래 보려 했지만 더는 나 자신을 제어할 수 없었다.

"제발 그만하자. 제발 나가!"

그렇게 이숙이 여사에게 소리를 지르고 난 후에야 여사를 내보낼 수 있었다.

얼마 지나지 않아 티브이 꺼지는 소리가 들렸다. 꺼지는 소리가 들렸다기보다 소리가 들리지 않았으므로 껐다는 사실을 알 수 있었다.

한참 같은 잠깐의 시간이 흘렀다. 조금 전까지 여사가 보던 주말 연속극이 창문 너머 이웃집에서 희미하게 이어지고 있었다. 정적이 흘렀다. 그리고 그 정적은, 이숙이 여사가 더욱 극적으로 깨뜨리기 위해 연출한 것이었음이 곧 밝혀졌다.

"그래, 내가 못 배워서 그렇다. 네 엄마가 무식해서 만날 천날 유치하고 말도 안 되는 드라마만 본다. 너는 똑똑해서 내가 티브이 볼 때 그 옆에서 만날 핸드폰만 붙잡고 있지?"

오, 세상에 이건 또 무슨 상황인가. 조금도 비슷한 말을 한 적이 없는데 뭐지! 내가 항변할 차례였지만 이번에는 내 쪽에서 말문이 막혔다. 일단 입을 벌리고 무슨 말이라도 뱉어보려 했지만 소용없었다. 쾅! 하고 문 닫히는 소리가 울렸다. 다 못 푼 시험지를 붙잡고 뭐라도 써보려 했지만 소용없었다. 어김없이 종이 울렸고, 문은 닫혔다.

큰일 났다. 낮 동안 꺼져 있다가 전원을 켜서 불이 들어오기 시작한 호프집의 네온사인처럼, 머릿속에선 큰.일.났.다. 네 글자가 시차를 두고 한 글자씩 켜졌다.

고등학생 때 교실 맨 뒤에 앉아 있다가 난데없이 날아온 도시락통에 얼굴을 가격당한 후 대성통곡을 한 적이 있다. 키가 큰 편이 아니었는데도 제일 뒷줄에 앉았던 건 방송반 활동 때문이었다. 학교 가서 가장 먼저 하는 일이 0교시부터 마지막 야간 자율학습 시간까지 그날 하루치의 종을 모두 맞춰놓는 것이었는데, 하나하나 수동으로 설정하다 보니 종이 잘못 울리는 일이 종종 있었다. 그럴 때면 방송실로 누구보다 빠르게 달려가 울리지 말아야 할 때 울리는 종을 끄거나, 울려야 할 때 울리지 않는 종을 늦게라도 울려주어야 했기 때문에 언제든 방송실로 튀어갈 수 있는 문가 맨 뒷자리가 고정석이었다. 당시엔 매일의 안녕과 행복이 울리는 종소리에 달려있을 정도로 중차대한 문제였으므로 담임선생님도 키와 상관없이 맨 뒷자리에 앉는 걸 허락했다.

그 덕에 날아오는 도시락통에 제대로 가격을 당할 수 있었다. 반 친구 몇 명이 장난을 치다가 교실 뒷문으로 도망치는 한 친구를 향해 도시락통을 던진 게 하필 내 얼굴 정면으로 날아온 거였다. 아직 2교시도 지나기 전이라 도시락통은 묵직했고, 놀라기도 전에 통증을 먼저 느꼈던 것으로 기억한다. 아프다고 생각하기도 전에 눈물이 나왔으니까. 그래서, 울었는데, 희한한 게 울면 울수록 통증이 심해졌다. 처음에는 미처 느끼지 못했던 수치심과 뒤늦게 감각한 놀라움 때문에, 가뜩이나 미안해서 어쩔 줄 몰라하는 가해자를 옆에 세워두고 나는 쉬는 시간을 꽉꽉 채워서 알차게 울었다. 수업 시작종이 제대로 쳤다고 해서 금세 진정되는 울음은 아니었기에 나는 수업 시간에도 내내 들썩이는 가슴을 한쪽 손으로 누르며 여진 같은 울음을 울었다. 도시락통을 던진 친구는 오십 분 동안 끈기 있게 훌쩍이는 나를 수시로 뒤돌아보며 안절부절못했다. 나는 오십 분 동안 나머지 울음을 운 덕분에 왜 그렇게 눈물이 났는지 결국 깨달았고, 미안해하던 그 친구를 다음과 같이 달랠 수 있었다. 너 때문이 아니라고, 도시락통이 꽉 차 있어서 좀 아프긴 했지만 아파서 이렇게 오랫동안 운 건 아니라고, 사실 내가 요즘 좀 힘들었던 모양인데 하필 그때 차곡차곡 모아놨던 눈물이 한꺼번에 터져 나온 것뿐이며 울고 나니 오히려 속이 시원해졌다고, 고맙다고.

쾅 하고 닫힌 문을 바라보고 있자니 왜인지 도시락통에 맞고 울던 그 날이 떠올랐다. 마음에 없던 말과 화를 밖으로 꺼내 놓고 보니, 내

속에 있는지도 몰랐던 울음과 설움이 터져 나왔던 그 날이 떠올랐던 것 같다. 하지 말아야지 하면서 하지 말아야 할 말들만 골라서 한 그 날과 울지 말아야지 할수록 어깨가 파도처럼 춤을 추던 그 날이 꼭 같은 날 같았다.

도시락통을 던진 친구에게 너 때문이 아니라고 말했던 것처럼 이숙이 여사에게도 엄마 때문이 아니라고 말하고 싶었다. 여사와 크고 작은 말다툼을 했을 때 항상 그랬듯 누운 이숙이 여사 옆에 누워, 파고들어 오지 못 하도록 온몸을 딱딱하게 굳혀 틈새를 철통같이 막고 있는 이숙이 여사의 옆구리 사이를 기어이 파고 들어가 뒤에서 껴안고, 힘으로 돌리면 결국 못 이긴 듯 내 쪽으로 돌아눕는 여사의 손을 억지로 잡아 굳이 깍지를 끼면서 "엄마, 미안" 하고 콧소리를 내고 싶었다. 하지만 나도 모르게 울고 화냈던 그 일이 내 뜻이 아니었던 것처럼 이숙이 여사의 방문을 열고 들어가는 그 일 또한 내 뜻대로 되지 않았다. 마음속으로 몇 번이나 문을 열고, 여사를 껴안고, 손깍지를 꼈지만 그렇게 하려고 할수록 이상하게 눈물만 더 쏟아졌다. 눈물을 억지로 멈추려 하면 그것은 더 큰 소리가 되어 나왔다. 입을 꽉 다물고 소리가 새어 나오는 것을 막으려 할수록 내 몸은 스피커처럼 소리를 더욱 증폭시킬 뿐이었다. 어떻게 해도 눈물이 멈추지 않았다.

이숙이 여사가 들어가서 나오지 않은 그 문은 한 번 열어보지도 못하고 결국 잠이 들고 말았던 모양이다. 울다가 잠들면 취해서 잠들었을 때처럼 갈증 때문에 깨곤 했다. 물을 마시려고 거실로 나가니 CH 11이라는 불빛이 반짝이고 있었다. 티브이 화면은 꺼져 있었지만 케이블 티브이 셋톱박스에 이숙이 여사가 보던 채널 11번이 여전히 꺼지지 않은 채 시계 불빛과 나란히 고요한 거실에 남아 있었다. 나 자신도 납득할 수 없는 서러운 눈물을 토해낸 때로부터 약 한 시간 정도가 지난 시각이었다.

이숙이 여사는 잠든 것 같았다. 지금이라도 방에 들어가 볼까 잠깐 고민했지만 그만뒀다. 여사는 매일 새벽 다섯 시에 일어나 출근 준비를 하는데 이미 열두 시가 넘었다. 잠깐 잠들었다 해도 속상한 마음에 밤새 뒤척일 여사를 생각하면 지금이라도 사과를 하는 게 좋을 것 같다고 생각해보지 않은 건 아니었지만 그럴 수 없었다. 너무 긴 이야기가 시작될 것 같았으니까. 가뜩이나 고단이 일상인 여사에게는 어찌 됐건 너무 고단한 하루가 될 터였다. 도시락통에 맞았던 그 날처럼 나는 울고 나서야 왜 내가 울었는지 알게 됐고 그걸 간단히는 설명할 수 없었으니까.

한 달이 흘렀다. 나는 이숙이 여사에게 이유를 설명하는 대신 구직 활동에 박차를 가했다.

덕분에 백수로 지낸 지 근 십구 개월 만에 다시 일자리를 구했다. 사보를 만드는 조그만 회사였다. 회사는 ㅎ시에 있었다. 사보를 만드는 조그만 회사로 출퇴근하기 위해서는 사십 년 만에 처음으로 독립이라는 걸 해야만 했다.

ㅎ시에 있는 회사에 취직이 됐다고 했을 때 여사는 별 반응이 없었다. "네 나이에 일 시켜준다는 회사 있으면 있을 때 가야지" 한 마디가 전부였다.

입사까지 주어진 시간이 길지 않았다. 집을 구해 이사해야 하는 상황을 고려해 겨우 일주일을 얻었다. 사십 년 동안 이숙이 여사와 둘이 살던 집을 떠날 준비를 하는 데 쓸 수 있는 시간이, 겨우 일주일이었다.

나는 혼자 방을 보러 가겠다고 했지만 이숙이 여사는 굳이 회사에 휴가까지 내고 따라나섰다.

"집은 아는 사람이 봐야 해. 만날 천날 집에서 내가 해 주는 밥이나 먹고 잠이나 잤지, 네가 집을 볼 줄이나 아니?"

반박할 말이 없었다. 나이만 먹었을 뿐 그 집 속의 나는 이십 년 전과 비교해도 전혀 달라진 것이 없었다. 집에선 여전히 여사가 밥과 반찬을 했고 나는 설거지나 빨래 정도만 도왔다. 하지만 막상 집을 구해 본 경험이 없기로는 여사도 마찬가지였다. 이혼하고 이 집을 얻은 후 단 한 번도 이사라는 걸 한 적이 없었으니까. 그동안 집주인이 단 한 번도 전세 보증금을 올려 달라고 하지 않았으므로 여사와 나는 고마움과 불안함을 함께 품고 오직 그 집에서만 삼십여 년을 살아왔다. 중간에 전세 보증금을 올려달라고 했다면 어떻게든 빚을 만들고 빚을 갚으며 조금이라도 재산을 불렸을 텐데, 그러지 않았으므로 여사와 나는 무리해서 목돈을 모으지 않아도 됐다.

"여사님, 그러는 여사님은 볼 줄 알아? 사실 엄마도 너무 오래됐잖아."

"그걸 다 해 봐야 아니? 난 너보다 오래 살았으니까 당연히 너보다 잘 알지. 살 집인지 못 살 집인지는 내가 봐야 알아."

사실 나는 살 집, 못 살 집 따질 형편이 못됐다. 그나마 모아 놓은 돈은 십구 개월 노는 동안 옷장 속에 넣어둔 나프탈렌처럼 조금씩 마모되어, 마침내 완전히 사라진 후였다.

"이숙이 여사, 근데 그거 알아? 요즘은 그런 거 핸드폰으로 다 해. 방도 핸드폰으로 구한다고. 내가 벌써 몇 군데 봐 놨으니까 오늘은 가서 그중 하나로 고르면 돼. 따라다니면서 다리 아프다고 신경 쓰게 하지 말고 휴가 낸 김에 그냥 집에서 쉬고 계셔."

하지만 이숙이 여사는 사람 속도 모르고 우겨댔다.

"사람 사는 방은 직접 가서 봐야 아는 거야. 집 주변은 안전한지, 대문이랑 안방이 어느 방향으로 났는지, 물은 잘 나오는지, 가구로 가려 놓은 데 곰팡이가 피지는 않았는지, 그런 건 눈으로 봐야지, 사진만 봐서 어떻게 알아?"

"아, 또 가서 여기 보자, 저기 보자 하면서 막 사람 민망하게 그럴 거지?"

"뭐? 또? 또오? 내가 언제 그랬다고 또오오?"

시외버스를 타고 ㅎ시로 가는 두 시간 동안 칠흑 같은 침묵이 이어졌다. 그 단단한 공기 사이를 비집고 들어오는 건 겨울의 허연 냉기뿐이었다. 창틀에 알알이 박힌 얼음 서리로 현현한 차갑디 차가운 공기. 창밖을 바라보는 척하며 유리에 비친 이숙이 여사를 슬쩍 보았다. 매직아이를 할 때처럼 애써 초점을 흐린 멍청한 눈으로, 설사 유리창 위에서 어색하게 눈이 마주쳐도 나는 아무것도 쳐다보지 않았노라 발뺌할 수 있을 정도로만 흐리멍덩한 눈으로. 하지만 이숙이 여사와 눈이 마주치는 일은 없었다. 여사는 맹렬하게 정면만을 바라보고 있었다. 여사의 시야에 닿는 의자 머리에는 비뇨기과 광고가 붙어있었다. '최신식 체외충격파를 이용한 발기부전 치료기 도입. 수술 No! 통증 No!'

ㅎ시에 도착해 버스에서 내리자 터미널 건물 뒤편에서 커다랗고 하얀 연기가 자욱하게 올라오고 있는 것이 보였다. ㅎ시 터미널 바로 옆

에는 우리나라에 마지막 남은 성냥공장이 있었다. 새로 터를 잡게 될 ㅎ시에 대해 검색하다 알게 된 사실이었다. 요즘엔 성냥을 쓰는 사람이 별로 없어서 거의 문을 닫고 마지막 하나 남은 공장이었다. 흔해빠진 특산물이나 지형지물 하나 없었던 ㅎ시는 마지막 남은 성냥공장에서 도시 홍보를 위한 희망의 불씨를 찾은 것 같았다. 성냥 이용 붐을 일으키기 위해 시청 앞 광장에 대형 성냥탑을 쌓아 기네스북에 등재되는 데 성공했지만 인근 초등학생들이 진짜 성냥인지 확인해본다며 불을 붙이는 바람에 하루 만에 활활 타버려 화제가 되기도 했고, ㅎ시를 홍보하겠다며 성냥팔이 소녀를 뽑는 대회를 열었다가 전 세계적으로 망신을 당한 건 물론이고 대회를 기안한 공무원이 온라인상에서 소위 신상을 털리며 마녀사냥을 당하기도 했다. 적자를 면치 못하면서도 마지막 남은 성냥공장을 지키기 위해 하루하루 성냥 제조를 이어가고 있다는 성냥공장 사장은 시에서 아무것도 하지 않는 것이 돕는 거라는 인터뷰를 했다. 인터뷰 기사를 읽으면서 나는 성냥공장의 사보를 만들고 싶다고 생각했다. 공장엔 이제 겨우 네댓 명의 직원밖에 없다고 하니 아마 사보 따위 만들 리 없겠지만.

"저거 성냥공장이래."

이숙이 여사는 대꾸가 없었다. 하지만 여기까지 와서 혼자 어디 갈 수도 없었을 터였으므로 어디론가 휙 하고 가버리는 대신 이번에는 허공의 한 지점을 뚫어질 듯 응시하고 있었다. 워낙에 겁이 많아 혼자선 웬만하면 낯선 곳에 가지 않는 여사였다. 부득이하게 한 번 이사한 후론 평생 같은 동네, 같은 집에서 살아왔다. 그런 여사의 약점을 쥐고 있었으므로 나는 크게 걱정하지 않았다.

"우리나라에 성냥공장은 이제 저거 하나뿐이래."

"어디로 가? 안 가?"

"엄마, 집 구하기 전에 먼저 회사부터 한번 가볼래? 어차피 회사 근처로 구할 거거든."

"해지기 전에 방부터 봐."

회사는 시외버스터미널에서 버스로 삼십 분 정도 떨어진 동네에 있었다. 버스에는 빈자리가 많았지만 나는 앉지 않고 이숙이 여사가 앉은자리 옆에 섰다.

"엄마, 나 출근하면 그 성냥공장 사보 만들어보자고 하려고."

"……."

"재밌겠지?"

"……. 곧 없어질 회사 사보는 뭐하러 만들어? 그거 누가 본다고."

"그래도 뭔가 의미 있을 것 같지 않아? 우리나라 최후의 성냥공장이랑 거기서 일하는 사람들의 이야기를 내가 마지막으로 듣고 기록하는 거니까."

"아이고, 너는 꼭…….."

"꼭 뭐? 꼭 뭐?"

"됐다, 그만 좀 싸우자. 사람들 본다."

"에이, 우리가 언제 싸웠다고 그래, 이게 다 사랑의 대화지."

여사는 한마디 더 하려다 말고 나를 흘겨봤다.

"엄마 어렸을 땐 성냥 많이 썼지?"

이숙이 여사는 슬슬 이야기를 시작하더니 성냥에 관한 추억이란 추억을 한겨울에 장작 모으듯 다 그러모아서는 활활 태우기 시작했다. 그럼 그렇지, 그 이야기가 하고 싶어서 어떻게 참았을까. 그렇게 쉬지 않고 이야기를 하면서도 내릴 곳을 놓칠까 불안한 마음으로 창밖을 수시로 돌아보느라 창가엔 계속해서 김이 서렸다. 성냥으로 곤로에 불 피우던 어린 시절 이야기, 그렇게 불을 피워도 곤로 가까이 가지 않으면 너무 추워서 손발이 곱았는데 요즘은 아파트에서 한겨울에도 난방 빵빵하게 해놓고 반팔에 민소매를 입고 돌아다니니 지구 꼴이 이 모양이라는 한탄, 연애 시절 성냥을 그어 담뱃불을 붙이던 아빠의 길고 흰 손가락과 자주 데이트하던 장미다방에서 유행하는 팝송을 들으며 성냥으로 탑을 쌓던 얘기를 하다가, 손이 희고 고운 남자는 절대 만나지 말라는 당부도 잊지 않았다. 그중에 새로운 얘기는 하나도 없었다. 이미 한 번 이상 들었거나, 성냥을 별로 쓰지 않고 살아온 나도 다 알 법한, '성냥' 하면 누구나 떠올릴 법한 그런 평범한 얘기뿐이었다.

나는 예전부터 그게 불만이었다. 다른 소설 읽어 보면 엄마나 아빠가 굉장히 감수성이 풍부하거나 독특한 철학을 갖고 있거나 특출나게 웃겨서 그대로 받아 적기만 해도 멋진 소설이 됐을 것 같은 부모님도 많이 등장하고, 그게 아니면 하도 사연이 많아 그것만 잘 모아 써도 대하소설 한 편은 나올 법한 경우도 많건만, 이숙이 여사는 어쩜 이렇게 그럴싸한 이야깃거리 하나 없이 살아왔을까.

이숙이 여사는 아랑곳하지 않고 이야기를 계속했다. 각종 성냥 관련 추억과 성냥과는 조금도 관계가 없지만 그로부터 파생된 다양한 이야기를 끊임없이 했다. 엄마는 포털사이트 같았다. 검색어를 입력하면 그와 관련된 수많은 자료를 출력해냈고 그중 상당수는 전혀 상관없는 연관검색어의 검색 결과였다. 어쨌든 성냥이, 자칫하면 오래갔을 둘 사이의 냉랭함을 녹여주긴 했다.

미리 연락해두고 찾아간 부동산은 크지 않았다. 부동산 중개인이 우선 자리에 앉으라 권했지만 마음이 바쁜 이숙이 여사는 가방을 꼭 붙잡고 서 있었다. 결국 나 혼자 앉아 방 구하는 앱에서 봐 둔 방 몇 개를 물어봤는데, 그중 실제로 볼 수 있는 방이 하나도 없다는 걸 알게 됐다.

"그거 전부 허위매물이죠?"

득의양양해진 이숙이 여사가 부동산 중개인을 향해 물었지만 처음부터 대답을 들으려고 한 질문이 아니었다.

"아이고, 이 헛똑똑이야. 옛날부터 부동산 앞에 적힌 거 그거 다 가짜였어. 남향에 넓은 안방 어쩌고 조건이 너무 좋은데 돈은 싸고, 그래서 웬 건가 싶어 들어가 보면 그거 다 가짜였거든요."

"하, 엄마, 좀……."

부동산에서는 허위매물을 올린 게 아니라 마침 방이 나갔는데 바빠서 광고를 미처 못 내렸다느니, 직전에 막 방이 나갔는데 같은 매물을 여러 부동산에서 같이 중개하다 보면 어쩔 수가 없다느니 핑계를 댔지만 이숙이 여사의 말대로 내가 봐둔 조건 좋은 방들은 처음부터 미끼였던 모양이었다. 기세가 오른 여사와 실망한 나에게 부동산 중개인은 능글맞게 웃으며 아직 괜찮은 방이 많으니 일단 얼마 생각하는지부터 말해보라고 했다. 여사와 함께 가고 싶지 않았던 이유가 바로 그거였다. 평소 그 나이 먹도록 모아 놓은 돈도 없이 뭐 했냐고 잔소리할 때마다 일단 생각하시는 것보다 훨씬 많이 모아서 꼭꼭 숨겨 놨으니까 걱정을 마시라고 허풍을 쳐왔는데, 같이 방을 보러 다니게 되면 무에 가까운 재산 상태가 들통날 수밖에 없었다.

보증금으로 쓸 수 있는 돈은 긁어모아도 천만 원 정도였다. 그러면서도 지층, 반지하, 일 층 다 싫고 무조건 이 층 이상에 현관과 방문에 도어록이 달려 있고, 주방과 방이 분리된 원룸을 원한다고 했더니 그렇다면 월세가 최소 오륙십은 될 거라고 했다. 이숙이 여사가 그 나이 먹도록 돈 천 만원 밖에 못 모아가지고 시집은 어떻게 가려고 그러나 모르겠다고 혀를 찼다. 결혼할 사람도, 생각도 없는 상황에 시집 걱정은 대체 왜 하는지 모르겠지만 부동산에서 그런 거로 싸울 수 없으니 일단 참았다. 참고, 그렇다면 다른 건 양보해도 지층만은 싫다고 했다. 월급을 얼마나 줄지 회사에 출근해 봐야 알겠지만 오륙십이면 월급의 거의 사 분의 일은 월세와 관리비로 들어가게 생겼으므로 이런저런 조건을 대부분 포기할 수밖에 없었다. 그렇다면 보여줄 방이 두어 군데 있다는 부동산 아저씨의 말에 엄마는 콩알만 한 촌동네에서 집값 한번 더럽게 비싸다고 중얼댔다.

  십구 개월 만에 다시 마주친, 아니 정확히 말하면 사십 년 만에 처음 맞닥뜨린 현실은 녹록지 않았다. 두어 군데 있다던 매물은 임시로 지어 놓은 것 같은 옥탑방이나, 가파른 오르막길 바로 옆에 있어 이건 뭐 일 층이라고 해야 할지 지층이라고 해야 할지 알 수 없는 사실상 지하 방이거나, 구한말에 지은 건지 다 쓰러져가는 낡은 주택의 쪽방이거나, 아무렇게나 자란 풀이며 화분을 제대로 관리하지 않아서 집으로 들어가는 길이 으스스하고 귀신이나 나오지 않을지 걱정되는 곳 뿐이었다.

  이숙이 여사는 가는 곳마다 혀를 끌끌 찼다. 습기 때문에 뜬 벽지를 잡아채서 가뜩이나 떨어져 나간 벽지를 더 뜯어 놓질 않나, 그냥 봐선 모른다고 변기에서 실제로 볼일까지 본 후에 물을 내리고는, 변기의 실체는 연속으로 두 번 물을 내렸을 때 드러난다며 곧바로 물을 내려

플러시 손잡이를 아작 내놓질 않나, 빨래가 명쾌하게 잘 마르는지 확인한다며 남의 빨래를 만져보질 않나, 난감함의 연속이었다.

그렇게 몇 군데를 돌아보고 난 후 첫 번째 부동산 중개인과는 깨끗이 헤어졌다. 사실 귀찮기도 하고, 같은 돈으로 뭐 얼마나 더 나은 집이 구해질까 싶기도 해서 개중 가장 괜찮은 곳 한 군데를 골라 계약해 버리려는 마음도 있었지만, 이숙이 여사의 반대가 거셌다.

"대안도 없이 왜 그래, 정말? 좀 살다가 돈 모아서 옮기면 되잖아."

"글쎄 그런 집에서 살면 병나, 이것아."

동네마다 흔하고흔한 게 부동산이었기 때문에 우리는 다른 부동산으로 갔다. 같은 동네에서 몇 집 건너 있는 부동산에서 보유한 월세 매물이 얼마나 다를까 싶었지만 혹시나 하는 희망을 버릴 수는 없었다. 하지만 전세보증금 천만 원에 월세 이십만 원 이하로 구할 수 있는 방은 거기서 거기였다. 두어 군데 정도 돌아보고 나니 더 봐도 소용없겠다 싶은 생각이 들었다.

"여사님, 이제 그만 보고 본 데 중에서 그냥 하나 정하자."

하지만 이숙이 여사는 좀 제대로 된 방을 보여 달라고 요구했다. 부동산에서는 그 조건에 지금껏 본 것 이상으로 좋은 방을 구하기는 힘들다고 했다. 여사는, 됐고 최소한 여자 혼자서 좀 살 만한, 방 같은 방으로 다시 몇 군데 더 보겠다고 했다. 여사도 모아둔 돈이 없기는 피차 마찬가지일 텐데 대체 왜 저러나 싶어 슬슬 짜증이 났다. 하지만 날도 추운데 여기저기 다니느라 지쳐서 이미 진이 빠질 대로 빠진 상태였다.

"엄마 정말 왜 그래?"

나는 여사의 옆구리를 찌르며 부동산 사람들이 듣지 못 하도록 복

화술로 말했다.

"일단 한 번 보기나 하자."

이번에는 이숙이 여사도 나만 들을 수 있게 작은 소리로 말했다. 나는 될 대로 되라는 마음이었다.

처음엔 이 집이 보기에는 이래도 세입자들이 다 잘 돼서 나갔다느니, 오래된 주택이 난방이 잘 된다느니 하며 살갑게 말을 건네던 부동산 중개인이 몇 발 앞서 걸어가 버렸다. 그 뒤를 쫓으며 이숙이 여사에게 물었다.

"엄마, 집에 가는 길에 복권이나 살까?"

복권 같은 거 살 돈 있으면 그 돈 나나 줘라 같은 뻔한 답을 예상하고 던진 질문에 이숙이 여사는 웬일로 대꾸를 하지 않았다. 하지만 나는 말을 하는 동시에 반드시 복권을 사겠다고 마음을 정했다.

"엄마, 안 추워? 따뜻한 오뎅 국물 먹고 싶다."

엠에스지라는 단어를 티브이에서 심심치 않게 들을 수 있게 된 후로 내가 어묵 국물 먹고 싶다고 하면 단 한 번도 빠짐 없이, 토씨 하나 다르지 않게 했던 잔소리이기 때문에 이번에는 반드시 그거 엠에스지 덩어리라는 핀잔을 들을 수 있으리라 확신했지만 여사는 여전히 말이 없었다.

"근데 엄마, 나 여기 와 살면 우리 집에 놀러 올 거지?"

이번에도 실패. 묻는 말에는 대답도 하지 않고 이숙이 여사는 더욱 빠른 걸음으로 부동산 중개인의 뒤를 맹렬히 쫓아가기 시작했다. 추위를 많이 타는 여사는 발목까지 내려오는 베이지색 패딩 코트를 입고 있었는데, 얼마 전 미용실에서 코팅한 머리카락이 햇빛을 받아 더 시뻘겋게 보였다. 꼭 성냥 같네 생각하며 중개인을 뒤쫓는 이숙이 여사를 뒤쫓아갔다. 나보다 키도 한참 작으면서 걸음은 어찌나 빠른지 금세 숨이 차올랐다. 입에서 하얀 입김이 폭폭, 나왔다.

"그래도 딸내미 첫 독립인데 놀러 와야지. 참치랑 파 많이 넣어서 만든 계란말이랑 고추랑 멸치 잘게 썰어서 볶은 거 그거 해 가지고 놀러 와. 응, 엄마?"

나는 경보 선수처럼 자꾸 앞서 걸으려고만 하는 여사의 어깨를 양손으로 잡고 내 쪽으로 홱 돌렸다. 이숙이 여사가 마침내 입을 열었다.

"내가 미쳤냐?"

그리고는 다시 입을 꼭 다물어버린 이숙이 여사의 빨간 코에서 새하얀 김이 폭폭, 빠져나오고 있었다.

-『세 번째 영향력』(2016.10. 발표)

봄

황태
우리는 봐줄만한 실패작 어딘가 모자라는 성공작 (모임 별, 〈둘〉 중)

울면 안 돼
내가 얼마나 엉망인 인간인지 고백하지 않고는 견딜 방도가 없어 소설을 쓴다

황태

　강정민 씨는 문득 냉장고 위치가 몹시 거슬린다고 생각했다. 팔십 오 리터짜리 소형 냉장고는 현관문을 열고 들어오면 왼쪽에 놓여 있었다. 술에 취하지 않고서야 방 안에 신발을 벗어 두는 사람은 없겠지만 원룸에선 방문과 현관문이 다르지 않다. 화장실 문을 제외하면 방과 다른 공간을 구분하는 문이 없기 때문에 현관에 신발을 벗어 두어도 방 안에 벗은 신발을 두는 꼴이 된다. 사람 사는 데 필요한 최소한의 가구와 가전을 좁은 방 안에 모두 욱여넣다 보면 냉장고가 있을 만한 곳이 현관 앞, 신발 놓는 곳 바로 옆이 되기도 한다. 그 때문에 냉장고 문을 열 때마다 그 문은 강정민 씨가 벗어놓은 신발들의 발등을 스치곤 했다.

하지만 사실, 그 방으로 이사한 지 석 달이 넘도록 강정민 씨는 대단히 큰 불편을 느끼지 않았다. 상경 십삼 년째, 대학생 때 이 년간 기숙사 생활을 한 기간을 제외하면 이 년에 한 번꼴로 이사를 했으니 이 방이 벌써 일곱 번째 원룸이었다. 처음 살았던 방을 생각하면 내 집 마련의 꿈을 이룬 사람이 어떤 기분일지 짐작은 해 볼 수 있었다.

강정민 씨가 처음 얻은 방은 대학가 앞 주택을 개조해서 만든 원룸이었다. 늘어나는 원룸 수효에 맞춰 황급히 개조한 티가 역력했어도 보증금 오만 원에 월세 십칠만 원짜리 방은 존재 자체로 감사할 따름이었다. 건물 일 층엔 닭갈빗집이 있었는데, 대패 삼겹살집이나 포장마차 스타일의 술집이 있는 것보다 훨씬 나았다. 닭갈빗집은 대개 늦어도 열두 시 전에는 문을 닫으니까.

강정민 씨의 방은 이 층에 있었다. 아래에서 보면 건물의 모든 현관문이 다 올려다보이는 개방형 구조였다. 어느 날 문을 열다가 건너편 건물 복도에 난 작은 창문에서 이쪽을 바라보고 있던 남자와 눈이 마주치기 전까지만 해도 큰 불편 없었다. 만약 얼마 후 그 방에 도둑이 들지 않았다면, 그 도둑이 석 달도 더 지난 우유를 마시고 가지 않았다면, 강정민 씨의 일기장과 부치지 못한 편지들을 갈가리 찢어 놓지만 않았다면, 속옷을 차곡차곡 포개 식칼로 찔러 선풍기 위에 올려 두지만 않았다면, 강정민 씨는 아마 금세 그 찝찝한 눈빛을 잊고 그 방에서 좀 더 오래 살았을지도 모른다. 조건이 사람의 성향과 성격을 만드는 법이다.

그런 경험들이 축적된 덕분에 강정민 씨는 일곱 번째 방의 비합리적인 냉장고 위치를 순순히 받아들였다. 지하철역까지 빠른 걸음으로 십 분이면 도착할 수 있고, 가까운 버스정류장까지는 오 분밖에 걸리지 않으며, 햇빛이 잘 들어오는 남향의 방을 갖게 됐으므로 여타 조건들에 관해 불만을 가질 생각을 미처 하지 못했다.

냉장고 문을 열 때마다 신발을 한쪽 끝으로 몰아야 하는데도 냉장고 위치를 바꿔야겠다는 생각을 석 달 동안 하지 않다가, 도저히 더는 냉장고 위치를 그냥 두고 볼 수 없다고 생각했을 때 강정민 씨는 막 소설을 쓰기 시작하려던 참이었다. 언젠가 소설을 써야겠다 생각하면서도 그 언젠가가 바로 지금이라는 생각을 이십 년 동안 하지 않다가, 도저히 더는 소설을 쓰지 않고 일만 하는 자신의 삶을 두고 볼 수 없다고 생각했을 때 강정민 씨는 막 서른셋의 삼월을 맞이한 참이었다.

서른셋의 강정민 씨는 드디어 쓰기 시작하려는 소설도 소설이지만 당장 냉장고 위치부터 옮겨야겠다고 생각했고 평소와 달리 이 생각을 바로 실행에 옮겼다. 방 안에서 현관문이자 방문을 바라보고 오른편에 있던 냉장고와 왼편에 있던 신발장의 위치를 서로 바꾸면 훨씬 쓰기 편할 것 같았다. 그 후에도 냉장고가 여전히 신발들 옆에 있다는 사실에는 변함이 없었다. 하지만 냉장고 문을 열었을 때 문이 신발들 위를 스치는 대신 신발들을 등지는 모양이 되었으므로 그 정도면 납득할 만했다.

낑낑대며 냉장고를 옮기는 데에는 십 분도 채 걸리지 않았으므로, 십 분 뒤 강정민 씨는 다시 노트북 앞에 앉아 있었다. 엔터 키를 눌러 대기 화면을 해제하자, 아무 글자도 적히지 않은 빈 종이가 나타났다.

강정민 씨가 언젠가 소설을 쓰겠다고 생각하면서도 서른셋이 되도록 쓰지 않은 이유는, 언제든 쓸 수 있었기 때문이었다. 언제든 쓸 수 있다고 생각한 데에는 다 이유가 있었다. 강정민 씨는 오랜 시간 동안 수많은 소설을 읽어왔고, 생각해 둔 소설의 소재 또한 무궁무진했다.

떠오르는 소재나 멋진 문장들은 언제든 다시 소환할 수 있게 핸드폰이나 컴퓨터에 저장해뒀기 때문에 시간이 지나도 잊어버릴 위험이 없었다. 거기다 시, 독후감, 논설문, 수필 등 각종 글짓기로 입상한 경험도 자신감의 근거가 되어줬다.

　강정민 씨는 본격적으로 소설을 쓰기에 앞서 단편 소설집 몇 권을 책장에서 무작위로 꺼내 그중 한 권의 책날개를 펼쳐봤다. 강원도의 한 강촌 출신이라는 작가는 1981년생이었다. 강정민 씨보다 두 살 많았다. 강정민 씨는 그의 첫 번째 소설집에서 가장 기억이 희미한 단편을 골라 찬찬히 다시 읽었다. 딱히 흠잡을 데가 없다는 게 흠이라면 흠이었다. 걸리는 문장도 없지만 남는 문장도 없었다. 쉽게 술술 읽혔지만 쉽게 잊혔다. 읽은 지 오래되지 않은 단편인데도 기억에 없는 이유가 있었다. 강정민 씨는 왠지 편해진 마음으로 책의 뒤표지를 살폈다. 문단의 권위 있는 소설가들, 신인을 발굴하고 등단시키는 문단의 권력자들이 그를 어떻게 추켜세웠는지를 읽었다. 그리고 다시 책의 날개로 돌아가, 무표정한 얼굴과 생각에 잠긴 듯한 시선 처리로 꽤 문인다운 분위기를 발산하는 그의 얼굴을 다시 살폈다.

　나도 못 할 건 없다. 강정민 씨는 생각했다. 어려서부터 남다른 독서량을 자랑해왔다. 아직 소설은 쓰지 않았지만 소설을 제외한 이런저런 글은 꾸준히 써 왔다. 꽤 소질이 있어서 국민학생 때는 글짓기와 글씨 쓰기 관련 상을 휩쓸다시피 했다. 국민학교 삼 학년 때 강정민 씨가 쓴 동화를 반 친구들이 돌려 읽었고 육 학년 땐 할아버지가 돌아가신 후 느낀 슬픔을 시로 써서 구청장이 주는 효심 표창을 받았다. 중학교 일 학년 때는 논술대회에서 장려상을 받았다. 국어 담당이었던 담임선생님은 언젠가 강정민 씨를 따로 불러 커서 꼭 작가가 됐으면 좋겠다고 했다. 다들 수능 공부에 한창이던 고등학교 삼 학년 땐 한 대학에서 주관하는 백일장에 학교 대표로 참가해 부패한 시대를 풍자하는 시로 입선하기도 했다.

가슴 속에 담아놓은 문장도 많고 이야기도 많았다. 쓰기만 하면 됐다. 안 써서 그렇지 쓰면 잘 쓸 수 있었다. 강정민 씨의 엄마도 늘 그렇게 말했다. 얘가 안 해서 그렇지 뭐든지 하면 참 잘해요.

그랬다. 실제로 강정민 씨는 뭐든 꽤 잘하는 편이었다. 글짓기와 글씨 쓰기 말고도 이런저런 상을 꽤 많이 받았다. 그림도 적당히 잘 그렸고 피아노 학원에 다닐 때는 원장님의 사랑을 독차지했다. 거기다 운동도 곧잘 해서 남학생들과 나란히 축구 경기를 하기도 했고 달리기도 빠른 편이었다.

국민학교 삼 학년 때였나. 어김없이 가족들을 다 모아놓고 가을 운동회가 열렸다. 엄마와 남동생이 결승선에서 기다리고 있었다. 강정민 씨는 죽을힘을 다해 뛰었다. 일 등을 하면 받을 수 있는 모닝글로리 공책 열 권을 꼭 받고 싶었다. 그렇게 죽을힘을 다해 뛴 결과 서로 계속 앞서거니 뒤서거니 했던 친구와 거의 동시에 결승선에 들어갔는데 손목에 등수 도장을 찍어주는 육 학년 언니들이 크나큰 실수를 저질렀다. 강정민 씨가 뛰어 들어간 왼쪽에는 이 등 도장을 가진 언니가 있었고, 다른 친구가 도착한 오른쪽에는 일 등 도장을 가진 언니가 서 있었던 것이다. 단지 그 이유만으로 그녀들은 각자 가까이에 있는 선수의 손목을 낚아채 순식간에 일, 이 등 도장을 찍어버린 것이다.

강정민 씨는 억울했다. 결승선에 서 있던 엄마와 남동생도 똑똑히 봤다. 강정민 씨가 그 친구보다 조금 빨랐거나 거의 비슷하게 들어왔으니 강정민 씨에게 일 등 도장을 찍어주거나 공평하게 두 사람 모두에게 일 등 도장을 찍어줘야 한다고 생각했다. 가족들 생각도 같았다. 용기를 얻은 강정민 씨는 가족을 대동하고 도장 찍는 언니들에게 항의했다. 언니들은 완강했다. 일 등 도장을 받은 아이가 분명 조금 더 빨랐다는 거였다. 거의 동시에 들어왔기 때문에 어디서 보느냐에 따라 누가 먼저 들어왔는지는 다르게 보일 수 있는 거였다. 인간은 그 어떤 것도, 설사 자신이 직접 보고 겪은 거라고 해도 백 퍼센트 확신해서는 안 된다. 그런데 그들은 잠깐의 머뭇거림도 의심도 없이 '일 등 도장을 받은 아이가 일 등'이라고 확신에 차서 말했다. 귀찮아서였겠지. 다음 경기도 해야 하니까 나의 정당한 항의가 귀찮고 성가셨겠지. 강정민 씨는 그렇게 생각했다.

비록 열 살밖에 되지 않았지만 그럴 때 어떡해야 하는지 강정민 씨는 알고 있었다. 곧바로 담임선생님을 찾아가 자초지종을 설명했다. 차분하게 말하려고 했지만 억울함에 눈물이 쉴 새 없이 흘렀다. 선생님은 달리기가 아닌 멀리뛰기 종목에 있었기 때문에 문제의 달리기를 보지 못했다고 했다. 그러나 강정민 씨의 손목에는 결국 일 등 도장이 찍혔다. 도장을 찍지 않은 다른 팔에 새로 도장을 찍어주겠다는 걸 거부하고 이 등 도장 위에 일 등 도장을 받았다. 손으로 문질러 지운 이 등 도장 위에 찍힌 숫자 1이 똑똑히 보이진 않았지만 공책 열 권이 강정민 씨의 일 등을 증명했다.

생각해보면 그렇게 가을 운동회 달리기에서 일 등 도장을 받은 게 강정민 씨 인생에서 공식적으로 일 등을 받은 마지막 순간이었던 것 같다. 정말 다양한 분야에서 장려상이나 우수상을 받았지만 최우수상을 받아본 기억은 드물었다. 최우수상을 받았다고 좋아하면 그 위엔 대상 수상자가 있었다. 그래도 이것저것 골고루 잘한 덕분에 집엔 상장이 쌓여갔다. 부모님은 낡은 벽지 위에 상장들을 일일이 붙여놓고 잠들기 전이나 손님이 왔을 때 괜히 천장 쪽을 바라보았다. 그러다 손님들이 '맏딸이 그렇게 똑똑하다면서요' 하고 인사를 건네면 자연스럽게 그 상장들을 가리켰다.

시를 써서 상을 받은 것도 여러 번이었다. 물론 대상이나 최우수상은 아니었고 역시 장려상이나 우수상이었다. 주변에서는 다들 글 잘 쓴다 칭찬했고 스스로도 그렇게 생각했다. 언젠가는 소설을 쓸 것이고 아직 안 써서 그렇지 쓰면 누구보다 잘 쓸 거라고 믿어 의심치 않았다.

그리고 바로 지금, 안 써서 그렇지 쓰면 잘 쓸 바로 그 소설을 쓰려던 찰나, 소설에 집중하기 위해 거슬렸던 냉장고 위치도 바로잡았다. 왠지 찝찝했던 일을 해결했으니 이제 본격적으로 쓰기면 하면 됐다. 무엇이든 쓸 수 있는 빈 종이를 막상 눈앞에 마주하자, '시간 길게 준다고 길게 고민하는 거 아니잖아'라는 명언을 남기며 디자이너에게 행사 포스터 시안 3종을 이틀 안에 달라고 요구했던 옛 동료가 문득 떠올랐다. 그의 태도는 분명 잘못된 것이었지만 따지고 보면 그 말도 틀린 건 아니었다. 오히려 그 말 자체는 진실에 가깝지 않나. 시간이 많으면 결정이 지연되고 착수가 늦어질 뿐이다. 고민이 길다고 좋은 결론이 나오는 것도 아니다. 그래서 강정민 씨는 일단 가장 최근에 떠올렸던 아이디어로 소설을 시작해보기로 했다. 가끔 성인영화를 볼 때면 모자이크 처리는 누가 하는 걸까, 그 사람은 어떤 사람일까, 그 일만 하면 어떨까 궁금했던 차였다.

소설을 어떻게 시작하는 게 좋을까. 우선 주인공은 가정이 있는 평범한 사십 대 남성으로 정했다. 하지만 막상 첫 문장을 어떻게 시작할지 고민스러웠다. 강정민 씨는 첫 문장이야말로 그 작품의 전체적인 인상을 좌우하는 만큼 정말 잘 쓰고 싶었다. 찰스 디킨스의 『두 도시 이야기』는 첫 문단으로 굉장히 유명하지만, 그런 스타일은 좀 교조적이고 고지식했다. 현대 소설은 그것과는 달라야 한다. 설명하지 않고 보여줘야 한다. 모자이크 처리 일을 하는 사십 대 남성이 편집실에 있는 장면에서 곧바로 시작할까, 평범하게 아내와 아이를 데리고 나들이를 간 장면에서 시작해 서서히 그의 직업과 고민을 드러내는 식이 좋을까, 그도 아니면…… 중요한 첫 장면인 만큼 쉽게 결정할 수 없었다. 그래도 아직은 크게 걱정하지 않았다. 강정민 씨는 시작이 어렵지, 한번 시작하면 발자크처럼 일필휘지로 글을 써나가는 스타일이었다.

시작이 어렵지, 한번 시작하면 일필휘지로 글을 쓰는 강정민 씨는 그러나 며칠간 회사 일과 미뤄뒀던 친구들과의 약속 등으로 이래저래 바빴다. 몸이 피곤하니 피로 물질들이 온몸의 혈관을 막아버려 두뇌로 혈액이 공급되는 것까지 차단된 듯한 느낌이었다. 회사원에서 벗어나 소설가로 돌아와야 했지만 회사원으로 살아온 세월이 훨씬 더 길었던 탓에 회사 일과 소설 쓰기를 병행하는 건 생각보다 훨씬 더 어려웠다. 돌아가야 할 소설가 자리가 본래부터 있긴 했던가, 하는 자괴감에 빠졌던 강정민 씨는 그러나 이내 한 중견 소설가의 격려를 떠올렸다. 그는 '소설을 쓰기로 마음먹는 순간부터 이미 소설가'라고 하지 않았던가. 우선 비루한 일상에서 벗어나 소설가로 돌아가자. 문학적인 감수성을 한방에 충전하는 데는 독서만 한 것이 없다. 강정민 씨는 사 두고 바빠서 못 읽은 책들을 따로 꽂아둔 책장 앞에서 마치 서점에 온 듯한 기분을 느끼며 한 권을 빼 들었다. 책 뒤표지에는 역시

나 누구나 이름을 알 만한 사람들의 추천사가 있었다. 기존의 작가들과는 완전히 다른 세계관을 바탕으로, 한국 소설의 새로운 지평을 열어나갈 작가, 라는 부분이 굵게 강조되어 있었다. 세상엔 역량 있고 가능성 있는 작가가 참 많기도 하다.

다음 순서로 자연스레 책날개를 펼쳐 작가의 얼굴과 나이를 확인했다. 강정민 씨보다 세 살이 어렸다. 그런데 벌써 칠 년 전 등단해 두 권의 소설집을 발표했고 한 권의 장편소설을 썼고 이번이 세 번째 소설집이라고 돼 있다.

세 살이나 어린 작가가 벌써 이만큼이나 작품을 써내고 인정받고 있다니 운이 좋다. 상도 꽤 받았나 보다. 궁금해서 검색해 보니 강정민 씨가 좋아하는 대가들과도 친한 듯 보였다. 그 멋진 작가들과 함께, 누가 봐도 멋있는 그런 일들을 하고 있었다. 그런 일들 말이다. 대선을 앞두고 젊은 작가들이 신문에 발표한 시국선언 광고문에 이름을 올린다든지, 강정민 씨가 좋아하는 인디 뮤지션의 음반 작업에 참여한다든지, 수년째 이어지고 있는 노동운동 집회에 동참하고 응원 메시지를 보낸다든지 하는 그런 일들.

출판사에서 진행하는 '작가와의 대화' 행사에 참여하는 게 좋아하는 작가를 가까이에서 만나는 유일한 방법이었던 강정민 씨는, 세 살이나 어린 그 작가의 문학상 수상 작품이기도 한 단편집의 표제작을 꼼꼼히 읽고 생각했다.

이 정도 글이라면 나도 쓸 수 있다. 아직 안 써서 그렇지 쓰면 잘 쓴다. 시작을 못 했지만 일단 갈피만 잡으면 아마 망설임 없이 거침없이 쭉쭉 써질 터였다. 강정민 씨는 구상 중이던 소설을 처음부터 다시 검토한 결과 주인공과 이야기를 싹 다 바꾸기로 했다. 사십 대 기혼 남성도 좋지만 오히려 삼십 대 비혼 여성이라면 더 많은 이야기를 쓸 수 있을 것 같았다. 무엇보다 많은 작가가 처음엔 다 자신의 이야기에서 시작하지 않는가. 강정민 씨는 특히, 산전수전 다 겪었다 할 만큼 또래에 비해 경험이 많은 편이었으므로 자기 자신만큼 소설의 인물로 적합한 사람도 없다고 생각했다.

사실 예전부터 생각해 둔 건 엄마 이야기였다. 오랜 시간 혼자서 강정민 씨와 남동생을 키우느라 고생한 엄마의 이야기를 꼭 한 번은 써야겠다고 생각해왔다. 그게 강정민 씨가 조금이라도 엄마의 삶에 보상할 방법이기도 했다. 그렇게 함으로써 엄마에게 갖고 있었던 미안한 마음과 부채 의식을 어느 정도 탕감받을 수 있을 거라고 기대했다.

강정민 씨는 엄마의 이야기들을 찬찬히 돌아봤다. 누구의 삶인들 그렇지 않겠느냐마는 참으로 한 편의 드라마였다. 언젠가 소설에 써야지 했던 몇 가지 사건들이 떠올랐다.

버스 운전을 하던 아빠가 도박에 빠져 버스까지 버리고 사라진 일이 있었다. 어디서 화투를 치는지 몇 날 며칠을 두문불출하자 강정민 씨의 엄마는 어린 남동생을 포대기에 싸서 업고 강정민 씨의 손을 잡고 첩보에 근거해 아빠를 찾아 나섰다. 하지만 첩보 제공자도 동네만 대략 알 뿐, 정확한 위치를 알지 못했다. 버스 회사에서 전화는 자꾸 오지, 답답했던 강정민 씨의 엄마는 일단 그 동네로 가서 무작정 남의 집 대문을 하나씩 열어젖혔다. 지금 생각해보면 자존심 강하고 꼿꼿하던 엄마가 어떻게 그런 용기를 냈는지 놀라웠다. 야속하게도 계절은 눈부시게 아름다웠고 강정민 씨는 엄마 손을 잡고 낯선 집들의 대문을 거침없이 열어젖히는 그 일이 그 어떤 놀이보다 즐거웠다. 가난한 동네의 철제 대문들은 비록 낡았으나 각양각색의 페인트로 알록

달록 다채로운 색감을 뽐냈으니까. 노란 대문 안에 아빠가 있을까, 파란 대문 안에 아빠가 있을까, 아니면 초록 대문 안에? 엄마가 남의 집 대문을 벌컥벌컥 열어젖힐 때마다 강정민 씨의 심장은 두 근 반 세 근 반 뛰었다. 엄마 등에 업혀 잠든 아직 어린 남동생이 그 스릴을 함께 즐기지 못하는 것이 아쉬웠다. 그 놀이는 그 후로도 몇 년간 몇 번쯤 더 반복됐다. 결국, 아직 그런 말을 하기에는 좀 이른 강정민 씨의 입에서 아빠 같은 남자와는 절대 결혼하지 않을 거라는 준엄하고도 앙칼진 선언이 발표됐지만 강정민 씨의 아빠는 크게 아랑곳하지 않았고 틈만 나면, 틈이 안 나면 틈을 내서 화투를 치러 가곤 했다. 그 시절은 버스 기사가 한 번쯤 버스를 버려놓고 사라져도, 몇 번쯤 무단으로 결근해도 단번에 자르지는 않는 그런 인간미 넘치던 시절이었다.

 그런 기억을 잘만 다듬어서 집어넣으면 괜찮은 소설이 될 것 같았다. 돌아가신 분에게는 좀 미안하지만 서른이 넘은 지금에 와서는 가족을 괴롭혔던 그 도박벽도 그렇게까지 죽을죄는 아니었다고 생각하니까, 사람이라면 누구나 해서는 안 될 실수를 하고 돌이킬 수 없는 잘못을 저지른다는 걸 알게 됐으니까, 그런 아빠를 흉보기 위한 소설은 아니니까, 소재로 살려도 괜찮을 것 같다고 결론 내렸다.

 곧이어 강정민 씨는 이런 것도 생각해냈다. 아주 감동적인 얘기가 필요할 때 끼워 넣으려고 했던 에피소드다.

 강정민 씨가 여덟 살이 되던 해 세 살 터울의 남동생은 겨우 다섯 살이었다. 결혼 후 팔 년간 전업주부로 살던 엄마가 돈을 벌기 위해 공사 현장에 나가기 시작했다. 며칠간 착실하게 돈을 벌다가도 유혹에 빠져 화투를 치기 시작하면 완전히 종적을 감춰버리는 남편만 바라보고 있을 수가 없었던 거다. 남동생은 유독 겁이 많았고 엄마에 대한 애착이 강했다. 잠시라도 엄마에게서 떨어지는 걸 못 견뎌 했던 남동생을 대신 봐줄 사람이 없었지만 선택의 여지가 없었다. 강정민 씨의 엄마는 급한 대로 조금 이른 나이지만 집 근처 주산 학원에 동생을 등록했다. 국민학교 일 학년이었던 강정민 씨는 학교에 가야 하고 페인트칠 하는 일을 시작한 엄마는 그보다 좀 더 일찍 출근해야 했기 때문에 출근길에 동생을 주산 학원에 데려다 놔야 했다. 하지만 학원이 문을 여는 건 그로부터 한 시간 후였다. 출근 첫날부터 지각할 수는 없었던 강정민 씨의 엄마는 어쩔 수 없이 문 닫힌 학원 입구 계단에 동생을 두고 출근했다. 곧 학원 문이 열리고 선생님이 오실 테니 조금만 기다리라고, 어디 가지 말고 선생님이 오실 때까지 꼭 여기서 얌전히 기다리라고 당부하고 또 당부했다. 엄마가 화장실을 가도 따라가고, 제가 화장실을 가도 엄마가 따라 들어가야 할 정도로 겁이 많았던 동생은 조금 칭얼거렸다. 하지만 곧, 아무리 칭얼대고 졸라도 어쩔 수 없는 일이 있다는 걸 본능적으로 깨달은 다섯 살짜리 남자아이는 눈물이 그렁그렁한 얼굴로 잡고 있던 엄마의 옷자락을 놓았다. 그렇게, 아직 어두운 계단에, 다섯 살짜리 동생을 앉혀놓고 강정민 씨의 엄마는 페인트칠을 하러 갔다.

그 이야기를 처음 듣던 날 강정민 씨는 엄마와 함께 많이 울었다. 눈물 고인 어린 동생의 눈 속이 훤히 들여다보이는 듯했다. 그런 동생을 두고 가면서 돌아보고 또 돌아봤을 엄마의 뒷모습도 눈에 선했다. 언젠가 이 이야기를 소설로 쓰면 독자들도 눈시울을 붉히리라.

이만하면 충분한 것 같았다. 강정민 씨는 드디어 문서 파일을 열고 대문을 열어젖히던 그 날의 기억을 쓰기 시작했다. 첫 문장, 두 번째 문장도 어렵지 않게 썼다. 하지만 그때 위층에서 누가 씻는지 물소리가 시끄럽게 나기 시작했다. 최대한 많은 인원을 수용하는 것이 가장 중요한 원룸 건물들은 방음 따위엔 신경 쓰지 않는 법이다. 익숙해질 법도 한 소음이지만 글을 쓰는 예민한 정신에는 작은 소리도 크게 울린다. 이런 환경에서는 제아무리 베테랑 소설가라도 좋은 글을 쓰기 어려웠다.

강정민 씨는 노트북을 들고 근처 카페로 가기로 했다. 조용한 방에 울리는 하수구 소리는 몹시 거슬리지만 카페에서 들리는 각종 소음은 서로 뒤섞여 둥글어지기 때문에 크게 방해되지 않는다. 이런 유의 소음은 오히려 집중력을 높여준다는 연구 결과도 있다. 이 연구 결과를 본 어느 개발자는 카페에서 나는 소리를 녹음해 애플리케이션으로 만들기도 했다. 강정민 씨는 답답하고 좁은 방보다는 넓고 창이 큰 카페가 글을 쓰기에는 훨씬 좋은 환경이라고 생각했다.

창가에 자리를 잡고, 노트북을 켰다. 하지만 곧 어떤 소리가 카페의 둥근 소리들 사이를 뚫고 나왔다. 강정민 씨의 옆 테이블에 앉은 무리였다. 한 명의 남자와 두 명의 여자는 중국어 스터디 모임을 하고 있는 듯했다. 한국말을 공부하는 중국인인지, 중국말을 공부하는 한국인인지는 알 수가 없었다. 남자가 선생이고 여자들이 학생인가. 남자는 중국말을 잘하는 한국인인가, 한국말도 잘하는 중국인인가, 중국말을 배우려는 한국인인가, 한국말을 배우려는 중국인인가. 누가 가르치고 누가 배우는가. 그저 다 같이 공부하는 건가.

잠시 중국어 소리에 정신을 빼앗기고 있는데 다시 이 집중력을 흩트리는, 새롭게 튀는 소리가 들렸다. 강정민 씨는 다시 소리가 나는 쪽을 돌아봤다. 서로 다른 원색의 후드티를 입은 젊은 남자 셋이 앉아 있었는데, 세상에, 그중 한 남자가 발톱을 깎고 있었다. 강정민 씨는 혼자 있으면서도 자기도 모르게 혀를 찼다. 세상에 저런 사람이 있구나 싶은 사람이 서로 섞여서 살아가는 게 현실이다. 그러니 이 장면도 언젠가 소설의 한 부분으로 넣을 수 있을지 몰랐다. 최대한 많은 장면과 문장들을 수집해 두면, 그 장면과 문장 들이 필요한 순간 자연스럽게 소설 속으로 찾아올 것이다. 많은 위대한 소설가들에 따르면, 소설 속 허구의 인물들도 어느 순간부터는 스스로 움직인다고 했다.

써야 할 소설만 생각하면서 며칠을 보냈다. 그 시간 동안 번쩍하는 황홀한 이야기와 문장을 기다리고 과거를 반추하고 상상력을 동원했다. 강정민 씨의 머릿속에는 정말 많은 것들이 떠올랐다. 아마 이 중 필요한 것들만 추려 한 편을 끝내고 나면, 남은 것들로 몇 편도 더 쓸 수 있을 것 같았다. 하지만 원고지 오 매 정도 쓰고 나니 더 쓰기가 힘들었다. 직장생활과 소설 쓰기를 병행하는 것은 생각보다 훨씬 많은 집중력과 에너지를 요구했다.

강정민 씨는 이럴 때일수록 잠시 자신의 작품에서 벗어나야 한다고 생각했다. 유명한 작가들도 글이 잘 안 써질 때는 다른 작가의 작품을 읽는다고들 한다. 좋아하는 작가의 작품을 필사해보는 것도 방법이겠지만, 필사는 무의식적인 표절을 부를지도 모르니 위험했다. 강정민 씨는 우선 고전을 읽어보기로 했다. 누구나 인정하는 대작가, 모파상의 소설 『비곗덩어리』가 눈에 띄었다. 벌써 스무 해 전에 읽은 거라, 이미 읽었는데도 처음 읽는 듯 완전히 새로웠다. 감탄하며, 과연 모파상은 몇 살 때부터 글을 썼는지, 몇 살 때 등단이란 걸 했는지 찾아봤다. 1850년에 태어나 1880년에 이 작품으로 데뷔를 했다고 하니 우리 나이로 서른하나다. 지금의 강정민 씨보다 두 살 어린 나이. 강정민 씨는 소설을 쓰기 시작한 이후 처음으로 자신이 불안해하고 있음을 감지했다. 서른하나라는 나이도 데뷔하기에 이른 나이는 아닌데 자신은 그보다도 이 년을 더 살았다는 사실이, 그동안 아무것도 쓰지 않고 있었다는 자각이 강정민 씨를 조금 불안하게 했다.

동시대를 살아가고 있는 작가들이 강정민 씨보다 어리면 질투가 났지만, 이미 죽어버린 위대한 작가들의 등단 나이가 강정민 씨의 현재 나이보다 어리면 불안해지곤 했다. 서둘러야 했다. 강정민 씨는 계속 나이가 들지만 죽은 작가들은 더는 늙지 않는다. 강정민 씨의 등단이 늦어질수록, 강정민 씨보다 늦게 등단한 작가들 숫자는 줄어들고 말 것이다. 반대로 더 어린데 이미 등단하고 인정받는 작가들은 늘어나겠지. 지금도 누군가는 계속해서 쓰고 또 발표하고 또 인정받고 있다.

강정민 씨는 그러나 잊지 않기로 한다. 아직 안 써서 그렇지, 쓰면 잘 쓸 수 있다. 이미 내 안에는 무수한 이야기가 있으며 대학 시절 유명한 시인이었던 은사에게 문장력도 꽤 인정받았고 잘 쓸 자신도 있다!

그런데 한창 소설 구상에 몰두하고 있던 그때 국민학교 동창에게서 연락이 왔다. 서울에 올 일이 있는데 얼굴이나 한번 보자고 했다. 강정민 씨를 좋아했던 친구였다. 국민학교를 졸업하고, 중학생이 되고, 고등학생이 될 때까지 강정민 씨의 대문 안에 몰래 편지를 밀어 넣고 갔던 친구였다. 편지엔 이름이 없었지만 강정민 씨는 독특한 글씨체 때문에 그 편지의 주인이 누군지 단번에 알아봤다. 하지만 당시엔 작고 얌전해 크게 눈에 띄지 않던 그 아이에게 별 관심이 없었다. 그런데도 그 친구의 편지는 참 좋았다. 그 친구의 집은 강정민 씨의 집과 멀지 않았는데, 강정민 씨가 그 친구 집 앞을 지나갈 때면 친구들과 얘기하며 웃던 그 소리가 참 듣기 좋았다는, 그래서 하교 시간이면 자기 집 대문 안에 숨어 그 소리를 훔쳐 듣곤 했다는 그 고백은 지금도 가끔 생각나곤 했다. 수줍음 많던 남자아이가 보낸 고백의 문장이 그렇게 강정민 씨의 기억 속에 남아있었다. 참 잘 쓴 편지였다.

그런 친구였기 때문에 강정민 씨는 조금은 설레는 마음으로 약속 장소에 나갔다. 그 친구와는 대화라는 걸 제대로 해 본 적이 없었다. 오랜 직장생활로 이제 누구를 만나도 삼십 분쯤은 어색하지 않게 이야기할 자신이 있었던 강정민 씨지만, 스무 해 전 자신을 짝사랑했던 동창과 처음으로 단둘이 만난다는 사실에 조금 긴장했다. 하지만 작고 수줍음 많던 그 아이 역시 강정민 씨와 다르지 않은 어른이 되어 있었다. 싸이월드에서 페이스북으로 이어지는 사생활 공유 서비스 덕분에 서로의 최근 근황을 단서 삼아 자연스럽게 이야기를 풀어나가는 데 전혀 어려움이 없었다.

그 친구는 그동안 강정민 씨가 알고 있었던 것과 완전히 다른 사람이 되어 있었다. 아니, 원래 그런 사람이었는데 미처 알지 못했을 뿐이었을 것이다. 사람이란 누구나 자세히 보아야 예쁘고, 오래 보아야 사랑스럽다고 하지 않았던가. 그도 그랬다.

어떻게 지내느냐고, 회사 일은 재미있느냐고 묻는 친구에게 강정민 씨는 소설을 쓰고 있다고 고백했다. 그 친구는 회사에 다니면서 작은 카페를 운영하고 있다고 했다. 회사만 다녀도 힘든데 카페까지 하고 있다니 대단하다고, 강정민 씨는 나도 앞으로 계속 소설을 쓸 거라고 했다. 그 친구는 자신이 운영하는 카페에서 자신이 꾸린 밴드로 공연도 하고 있다고 했다. 밴드라니 정말 멋있다고, 강정민 씨는 지금 쓰고 있는 소설은 한 달 안에 완성해 신인문학상에 투고할 예정이라고 했다.

그 말을 들은 그는 예전부터 강정민 씨가 작가가 될 것 같았다고 했다. 너를 만나러 간다고 했더니 드디어 첫사랑 찾아가느냐고 친구가 놀렸다고도 했다. 강정민 씨는 어쩌면 한 달 후엔 한결같이 자신을 좋아해 준 남자의 연인이 되어 있을지도 모르겠다는 생각을 했다. 그 남자가 운영한다는 카페에서 자신이 처음으로 쓴 소설을 읽게 하고, 소설을 읽고 있는 남자의 얼굴에서 첫 번째 독자의 반응을 짐작해보려 애쓰는 자신의 모습을 상상했다.

뭐, 아닐 수도 있겠지만 그럴 수도 있겠다고, 생각했다. 그렇게 되면 다른 동창들이 깜짝 놀랄 것이고 강정민 씨의 친한 친구는 큰 소리로 웃을 거라고, 생각했다. 무엇보다 그 친구와 꼭 어떻게 되지 않더라도 소설 한 편은 더 쓸 수 있을 거라고, 생각했다.

강정민 씨는 그 후 그 친구와 한 번을 더 만났다. 처음 만났을 때 자세히 묻지 않았던 그 친구의 회사는 보험사였다. 그 친구는 자기 일을 정말 사랑한다며 그 증거로 자신의 고객들 이야기를 했다. 보험에 새로 가입한 지 얼마 되지 않은 한 고객이 암에 걸린 것을 알게 됐는데 기존에 가입한 보험으로는 보장이 되지 않는 질병이어서 자신이 그 고객을 위해 회사의 징계를 무릅쓰고 상품을 변경해줬다는 이야기, 어릴 때부터 잔병치레가 많았던 동창이 자신이 추천한 보험에 가입해 병원 갈 때마다 조금씩 보험금을 타고 있다고 이야기하며 그 친구는 그 일이 정말 보람 있다고 말했다. 강정민 씨가 반드시 자신에게 보험을 들 필요는 없지만 몇 가지 보험은 살면서 꼭 필요하다는 말도 덧붙였다. 강정민 씨는 그 친구의 말에 공감했다. 살다 보면 몇 가지 보험이 꼭 필요했다. 그래서 강정민 씨는 이미 실손보험이며, 주요 질병 보장 보험, 연금 보험 등 꼭 필요한 것들은 모두 들어 두었다. 그 친구는 강정민 씨가 정말 꼭 필요한 보험만 잘 들어 둬서 자신이 더는 조언하거나 추천해줄 것이 없을 정도라고 칭찬했다.

그리고 세 번째 만나기로 한 날, 그 친구는 갑자기 일이 생겼다며 약속을 어기고 수원으로 돌아갔다. 강정민 씨는 생각했다. 열두 살에 처음 만난 우리가 이제 벌써 서른셋. 적극적이지 않게 되는 것에 더 적극적이게 되는 나이. 하지만 강정민 씨는 괜히 아닌 척하다 인연을 놓치는 실수를 저지르고 싶지 않았다. 예전 같으면 약속을 어긴 남자에게 절대로 먼저 연락하지 않았겠지만 수원엔 잘 도착했냐고 먼저 메시지를 보냈다. 일이 바쁘다 보면 충분히 그럴 수 있는 거니까.

그 후로 그와는 몇 번 더 안부 연락을 주고받았다. 하지만 만남은 두 번이 끝이었다. 세 번째 만남이 성사되지 않음으로써 이 이야기도 진도를 빼지 못하게 됐다. 소설로 쓰더라도 방향을 바꿔야 했다. 강정민 씨는 이래저래 아쉬운 마음이 없지 않았지만 이십 년 만에 찾아온 동창과 연애를 하고 결혼을 하는 상투적인 결말보다는 이렇게 되는 편이 현대 소설의 소재로는 훨씬 더 적합하다고 생각했다. 삼십 대가 되면 포기가 빨라진다.

하지만 시간은 항상 인간보다 더 끈기가 있었다. 사람은 포기해도, 시간은 늘 같은 속도로 늘 가던 그 방향으로 흐르는 일을 포기하지 않는다. 한 달 안에 소설 한 편을 쓰겠다고 결심했던 강정민 씨는 빠른 포기 이후 삼 주를 그냥 보냈다. 그 이십일 남짓한 날은 현대 소설이라기보다 막장드라마의 소재로 더 적합한 시간이었으므로 소설에 써먹지도 못했다. 공모 마감까지는 이제 겨우 일주일이 남았다.

다시 초심으로 돌아가 엄마의 이야기를 계속 써보기로 한 강정민 씨는, 엄마와 자신의 가족 이야기를 그대로 쓰게 되면 그건 소설이라기보다 수기에 가까운 것 같아 캐릭터를 조금 변형하기로 했다. 하지만 캐릭터를 바꾸니 이야기가 생각만큼 술술 풀리지 않았다. 소설 속 엄마와 실제 엄마가 자꾸 뒤섞여 다시 읽어보면 한 사람 같지 않은 게 문제였다. 그래서 결국 다시 현실의 엄마를 그대로 소환했다. 엄마에게 전화를 걸어 옛날이야기를 꼬치꼬치 캐물었다. 강정민 씨의 엄마는 그 이야기라면 이제 지겹다고 그만하랄 땐 언제고 이제 와 이런 걸 왜 묻느냐며 볼멘소리를 하면서도 그 이야기들을 마치 처음 하는 것처럼 술술 풀어냈다. 소설이 다시 방향을 찾고 이야기도 술술 풀리기 시작했다. 이런 흐름이라면, 남은 열흘 동안 충분히 한 편을 써낼 수 있을 것 같았다.

강정민 씨는 퇴근 후 짬을 내 조금씩 계속 썼다. 덕분에 이야기는 이제 거의 결말을 향해가고 있었다. 하지만 주말에 출장이 잡혀 꼼꼼히 퇴고하고 탈고할 시간이 부족할 것 같았다. 시간이 부족하다고 생각하니 조바심이 생겼다. 이야기는 얼추 결말을 향해가고 여운을 남길 만한 마지막 문장도 대충 떠오르는데, 그 결말로 자연스럽게 연결하는 게 쉽지 않았다. 이 상태에서 곧바로 생각해둔 결말로 가버리면 다소 개연성이 떨어질 수 있었다. 강정민 씨는 그 사이에 설득력을 더해줄 사건을 하나쯤 더 만들거나 탁월한 심리묘사가 필요하다는 결론에 이르렀다. 다음날이 출장이라 시간은 이제 겨우 하루밖에 없는 셈인데, 탈고까진 못하더라도 일단 완성은 해야 하는데, 주변 사람들한테 소설 쓴다고 소문은 잔뜩 내놨는데, 하다가 그만 만성피로를 이기지 못하고 까무룩 잠이 들었다.

결국 강정민 씨는 소설을 끝까지 쓰지 못한 채 전주로 출장을 가게 됐다. 하지만 워낙 낙천적인 성격이었던 강정민 씨는 좋은 쪽으로 생각하기로 했다. 늘 살던 생활공간을 벗어나면 글이 더 잘 써질지도 몰랐다.

전주에서는 최근 내홍을 겪으며 오래 일한 스태프들을 모두 내보냈다. 이런 상황에서 영화제가 무리 없이 준비됐을지에 관심이 쏠렸다. 전주영화제 관계자 측은 영화제 준비가 순탄하게 진행되고 있다는 사실을 여러 차례 피력하면서도 내홍 때문에 영화인들이 떠나간 자리를 관객마저 외면하지 않도록 굉장히 대중적인 인물들을 영화제 심사위원으로 위촉했다. 그중에는 꽃미남 배우로 유명한 양주성도 있었고, 어린 나이에 대중성과 작품성을 모두 인정받은 데다 외모로도 명성을 얻은 김정률도 있었다. 이번 영화제에서는 얼짱 소설가 김정률의 소설을 각색해 만든 단편영화 세 편이 동시에 소개될 예정이어서, 기자회견에 참석한 김정률에게 기자들의 질문이 집중됐다고 한다. 하지만 대부분의 기사가 '얼짱 작가 김정률'이 웃거나, 놀라거나, 혹은 멍한 표정을 짓는 사진으로 도배됐다.

김정률은 강정민 씨보다 한 살이 어렸는데, 이미 평단과 대중 모두에게 고루 사랑받고 있었다. 하지만 강정민 씨는 그가 너무 과대평가를 받고 있다고 생각했다. 거의 모든 작품을 읽어봤지만 작품마다 굉장히 기복이 심했고 너무 스타일리시한 작품을 쓰다 보니 깊이가 부족했다. 그런 김정률이 이토록 인정을 받고 있다면 우리 문단의 현실도 알 만한 것 아닌가.

"오, 이게 누구야? 박 감독님 아니신가?"

양주성, 김정률을 안주 삼던 술자리에 불과 몇 달 전 입봉한 박홍현이 뒤늦게 나타났다.

"원래 스타는 늦게 나타난다더니, 베를린까지 다녀오신 박 감독님이 이렇게 누추한 술자리에 행차를 다 하시고?"

꼬부라진 혀로 한태완이 빈정거렸다.

박홍현과 한태완을 포함해, 몇 년 전 전주영화제 자원봉사자로 만난 동기들이 모이는 자리였다. 시나리오를 쓴다며 몇 년간 영화판을 전전하던 박홍현은 이 년 전 본인의 시나리오가 영화로 제작되며 드디어 꿈을 이루는가 싶었지만, 시사회를 다녀온 후 트위터에 그 영화는 자신의 시나리오와는 아무 상관이 없는 영화라는 선언을 남기고 한동안 두문불출했다. 그 후 일 년이 넘도록 동기들 사이에서 박홍현의 소식을 안다는 사람을 보지 못했다. 그러다 어느 날 시나리오 작가 출신 신인 감독이 베를린 영화제에 초대받았다는 기사를 보게 됐는데, 단편 한 편 연출해본 경험 없이 첫 장편으로 베를린 영화제에 초대를 받은 그 대단한 신인 감독이 바로 박홍현이었다. 신문에 반명함판 사이즈로 실린 사진 속 박홍현은 그새 살이 많이 쪄서 처음에는 알아볼 수 없었다. 따로 만나는 사이는 아니었지만 동기들이 다 함께 모이는 자리엔 강정민 씨나 박홍현이 모두 거의 빠지는 법이 없었기 때문에 모르려야 모를 수가 없는 얼굴이었는데도, 강정민 씨는 당연히 그 박홍현이 아닐 거라고 생각했다. 평소 강정민 씨는 염세주의를 곁들인 박홍현 특유의 거들먹거리는 태도를 좋아하지 않았다. 그런 사람이라면 시나리오에도 그 거들먹거리는 태도가 그대로 배어 있을 게 분명하다고 생각했다. 그런 박홍현의 첫 장편이 베를린의 초청을 받지 않았다면 아무리 흥행 대박이 난다 해도 큰 관심을 두지 않았을 것이다. 관객 동원 성적이 반드시 작품성과 연결되는 건 아니니까. 하지만 베를린 영화제 공식 초청이라면 이야기가 좀 달랐다.

반면 한태완은 영화제 자원봉사자로 일한 이듬해 이미 단편으로 입봉해 시네필들 사이에서는 어느 정도 인지도가 있는 감독이었다. 이후 두어 편 더 단편을 찍으면서 몇몇 투자자들과 제작 논의도 오갔는데, 늘 프리프로덕션 단계에서 엎어지는 바람에 결혼식 영상 제작으로 생계를 이어가고 있었다.

"미안. 시간 맞춰 오려고 했는데 좀 늦었어."

오랜만에 만난 박홍현은 한태완의 빈정거림을 의외로 담담하게 받아냈다. 축하 인사를 받는 태도도 적당히 겸손했다. 강정민 씨가 알던 건방진 염세주의자는 어디 가고 호감 가는 젊은 샛별이 되어 있었다. 술자리에 모인 동기들의 질문 공세에 못 이겨, 세계적인 배우와 감독들을 실제로 만나본 소감과 세계 3대 영화제에서 제공하는 호텔 이용 후기와 찌라시에 단골로 등장하는 영화 속 여주인공에 대한 해명까지 대신하면서도 박홍현은 끝까지 세련된 겸손함을 유지했다. 한두 잔 마시다가 바쁘다며 먼저 자리를 뜨지도 않았다.

"내가 그동안 홍현이를 잘못 알고 있었나 봐. 트위터에선 좀 건방져 보였는데 전혀 그렇지 않네."

강정민 씨가 옆자리에 앉은 차경미에게 소곤대자 차경미가 정색하며 말했다.

"홍현이 원래 정말 괜찮은 애야. 난 처음부터 알고 있었어."

한태완은 소주 몇 잔을 연거푸 들이켜고는 말없이 사라졌다. 술자리가 시작될 때만 해도 동기들과 인사하며 간단하게 맥주 한 잔 마시고 숙소로 돌아가 소설을 탈고할 예정이었던 강정민 씨는, 기분 좋게 취기가 올라 결국 이 차까지 따라나섰다. 그날 오후 제작자와 미팅을 마치고 카페에 앉아 꽤 많은 분량을 더 썼기 때문에 소설도 이제 얼추 마무리된 상황이었다. 무엇보다, 적당한 알코올은 강정민 씨의 무의식에 숨어 있던 눈부신 문장으로 데려다주는 연료가 될지 몰랐다.

　강정민 씨 무리는, 영화제가 없는 기간엔 고요하다 못해 적막한 골목을 시끌벅적한 소리로 채우며 자원봉사자 시절 즐겨 가던 전일슈퍼로 갔다. 전일슈퍼는 바삭하고 고소한 황태와 황태의 고소함을 몇 배로 끌어 올리는 특제 소스로 유명한 가게맥주집이었다. 영화제 기간이면 밤늦도록 손님이 끊이지 않아 삼십 분 정도는 기본으로 줄을 서야 할 정도로 소문이 자자했는데, 보통 소문난 잔치에 먹을 것 없다지만 전일슈퍼의 황태와 황태 소스, 그리고 도톰하게 말린 계란말이는 몇 번을 먹어도 질리지 않았다. 가게에 채 도착하기도 전에 골목 가득 고소한 냄새가 진동하고 있었다.

　늦은 시각이었지만 가게 안은 손님들이 가득했다. 이미 막걸릿집에서 거나하게 마신 강정민 씨 무리는 풀린 눈으로 빈자리를 찾았다. 그런데 이때 강정민 씨의 시야에 왠지 유명인일 것 같은 느낌을 풍기는 얼굴들이 포착됐다. 다시 한번 눈에 힘을 주고 자세히 보니 영화제 심사위원인 정주성과 김정률, 그리고 이름은 모르지만 왠지 유명한 감독일 것 같은 인상의 외국인 몇몇이 함께 술을 마시고 있었다. 그쪽도 역시 웬만큼 마셨는지 각자 따로 목소리를 드높이고 있었는데 그중에서도 김정률은 단연 목소리가 컸다. 영화가 어쩌고, 소설이 어쩌고, 예술이 어쩌고, 삶이 어쩌고, 아주 신이 나서 떠들고 있었다.

　조금 기다린 끝에 가게 한쪽 구석에 자리를 얻은 강정민 씨 무리는 언제나처럼 황태와 계란말이를 주문하고, 냉장고에서 맥주를 가져다 마셨다. 가게의 사장 아들로 추측되는 젊은 남자는 가게 입구에 위치한 황태 두들기는 기계 앞에서 엉덩이보다 작은 간이 의자에 앉아 밤이 새도록 황태를 굽고 때렸다. 주문한 황태와 계란말이가 나오기를 기다리는 동안 건너 테이블에선 김정률이 쉬지 않고 떠들어대고 있었다. 요즘 젊은 작가들이 어쩌고, 자기 작품이 어쩌고, 얼마 전 참석했던 대입 면접시험이 어쩌고, 정말 잠시도 입을 쉬지 않았다. 듣기 싫은 목소리가 잠시 안 들린다 싶어 슬쩍 뒤를 돌아다보면 황태 쪼가리를 터진 입속에 밀어 넣고 있었고, 또 잠시 조용하다 싶으면 목구멍으로 맥주를 들이붓고 있었다.

 잠시라도 모든 소리에서 해방되고 싶었던 강정민 씨는 맥주 한 잔을 단숨에 비우고 가게 밖으로 나와 담배에 불을 붙였다. 작은 용광로처럼 생긴 기계 앞에는 여전히 젊은 남자가 앉아 황태를 때리고 있었다. 그동안에도 김정률은 말을 멈출 줄 몰랐다. 강정민 씨는 슬슬 짜증이 일었다. 안 들으려야 안 들을 수가 없는 김정률의 설교를 듣고 있느니 얼른 숙소로 가서 소설이나 마무리하는 게 좋을 것 같았다. 강정민 씨는 어느새 짧아진 꽁초를 마지막으로 힘껏 빨았다.

 강정민 씨는 다시 가게로 들어갔다. 일행들에게 인사하고 가방을 챙겨 나올 생각이었다. 그런데 김정률이 가뜩이나 높고 날카로웠던 목소리를 점점 더 높이는 중이었다.

 "써, 우선은 써. 머릿속으로 백날 생각해도 손으로 안 쓰면 그건 아무것도 아닌 거야. 그건 그냥 네 머릿속에 든 똥이야. 어? 처음엔 그 똥이 고대로 나오겠지. 그런데 싸질러 놓은 게 똥 같아도, 싸고 싸고 똥이어도, 일단은 많이 싸고 봐야 해."

 아까부터 김정률 옆에 앉아 그를 아이돌이라도 되는 양 동경의 눈으로 바라보던 이에게 하는 이야기 같았다. 그는 김정률의 또래 정도로 보였으나, 김정률은 반말, 그는 존댓말을 쓰고 있어서 관계를 정확히 파악하기 힘들었지만, 하는 이야기로 미루어보아 작가 지망생인 모양이었다.

"그런데 그게 마지막까지 똥이면 어떡해요? 전 그게 제일 무서워요."

"뭘 어떡해? 물 내리고 또 싸고, 물 내리고 또 싸야지."

말을 마친 김정률이 황태를 부욱, 찢었다. 누런 가루가 사방에 날렸다. 옆에 앉은 작가 지망생으로 보이는 이가 허벅지 위에 떨어진 가루들을 손으로 털어냈다. 김정률은 긴 혀를 뽑아 방금 찢은 황태를 입속에 집어넣으며 말을 이었다.

"근데 그거 알아? 대부분은 싸질러 놓기만 하고 뒤도 못 닦은 채로 인생이 끝나버려. 누구나 작가가 될 수 있지만 또 아무나 작가가 되는 건 아닌 거지. 너도 그렇게 되고 싶지 않으면 아예 싸지를 말든가, 쌌으면 네 뒤처리 정도는 끝까지 한다는 각오쯤은 하고 있어야 돼."

강정민 씨는 반말로 지껄여대는 김정률의 이야기가 세기의 연설이라도 되는 것처럼 고개를 끄덕이고 또 끄덕이는 그 자가 한심했다. 한심하다 못해 화가 치밀어 오르는 것 같아 한시라도 빨리 자리를 벗어나고 싶어졌다. 하지만 다들 술에 취해 인사할 만한 적당한 타이밍을 찾기가 쉽지 않았다. 언제 주문했는지, 황태를 두들기던 젊은 남자가 일행들이 있던 테이블로 황태 한 마리를 더 갖고 왔다. 김정률은 여전히 입속에 황태를 넣고 가루를 풀풀 날려가며 연설 중이었다.

"근데, 이거 뭐 퇴고는 한 건가 싶은, 소설의 기본도 안 된 걸 소설이랍시고 갖고 와서는 한번 읽어보기만 해 달라고 들이미는 애들이 얼마나 많은지 알아? 읽어만 주셔도 감사하겠대. 근데 기껏 시간 내서 읽어 보면 이건 뭐 수준이……."

드디어 마음을 먹은 강정민 씨가 자리에서 벌떡 일어났다.

"사실 다 읽어볼 필요도 없어! 처음 한 문단만 봐도 각이 딱 나오거든."

강정민 씨가 성큼성큼 걷기 시작했다.

"그리고 말이지, 나 돈 받고 심사하는 사람이야. 내 시간을 그렇게 맘대로 빼앗았으면 최소한 일기 말고 소설을 보내야 하는 거 아니니?"

강정민 씨의 손에는 금방 구워 뜨거운 황태가 들려 있었다.

"그거 알아? 재능 없는 인간들이 자기가 재능이 없다는 걸 빨리 아는 것도 재능인 거?"

강정민 씨가 김정률 앞에 멈춰 섰다. 김정률이 약간 귀찮다는 표정으로 느릿느릿 강정민 씨를 올려다봤다. 술이 오를 대로 오른 김정률과 눈이 마주치자마자, 강정민 씨는 오른손을 힘껏 들어 올렸다.

"대가리에 피도 안 마른 게 존나 시끄럽네!"

어둡고 조용한 골목 안, 홀로 활기를 띠던 그곳의 소리와 움직임이 일순간에 멈췄다. 황금빛 황태 가루가 사방에 흩날렸다.

-『첫 번째 영향력』(2016.02. 발표)

울면 안 돼

― 나 울면 안 되는데 어떡하지.

이준의 아버지가 돌아가셨다는 소식을 듣고 래현에게 전화해 건넨 첫마디였다.

― 그러게, 너 울면 안 될 텐데 큰일이다.

단톡방에선 이미 네 시간도 더 전에 소식과 위로가 오간 후였다. 아주 늘어지게 늦잠 자다 일어나자마자 그 소식을 확인했고 이준보다 래현에게 먼저 전화를 걸었다. 래현은 오늘 저녁밖에 시간이 안 된다고 했다. 새벽에 올라오더라도 래현이 갈 때 같이 다녀오는 게 좋긴 한데 외출하는 것 자체가 걱정이었다.

이날은, 코로나19의 전 세계적인 팬데믹 상황에서 세계 최초로 예정대로 치르게 된 대한민국의 국회의원 선거일이자, 내가 눈밑지방 재배치 수술을 받은 지 사흘째 되는 날이었다. 수술 다음 날 저녁부터 가벼운 세안은 가능하지만 되도록 수술받은 부위에 충격을 주지 않는 게 좋다고 했기 때문에 병원에서 돌아온 후 세수 한 번 하지 않고 칩거 중이었다.

당장 몇 시간 후면 래현을 만나 대구까지 가야 하는 상황임을 직시한 나는 전화를 끊고 거울부터 봤다. 이삼일째 되는 날 부기가 가장 심하다더니 과연 그랬다. 못 씻은 건 물론이고, 얼굴 만지는 게 무서워 전날의 눈곱도 그대로 방치한 채 늦잠까지 자는 바람에 눈 주변 부기가 상상을 초월했다. 수술 전 검색해 본 후기에서 부기가 심한 나머지 아바타가 됐다는 표현을 보고도 무슨 말인지 몰랐는데 거울 속 내 얼굴에서 아바타의 정체를 확인할 수 있었다. 눈과 눈 사이가 심하게 부어올라 콧대와 눈 사이의 굴곡이 사라지고 이쪽 눈 끝과 저쪽 눈 끝이 굴곡 없는 평지 위에 놓인 것 같은 모습을 빗댄 표현이었던 것이다. 멍은 또 어찌나 다채롭게 들었는지 눈물 고랑 부위의 불그죽죽한 멍, 윗볼의 푸르스름한 멍, 광대뼈 쪽의 노릇노릇한 멍까지 아주 수채화가 따로 없었다. 더구나 수술 전 의사가 수술할 부위를 표시해 둔 펜 자국도 지워지지 않은 채 그대로 남아 있었다. 하지만 이준의 부친상인데, 빈소에 가지 않는 건 선택지가 될 수 없었다.

문제는 우는 데는 둘째가라면 서러울 사람이 나라는 거였다. 드라마나 영화 볼 때 욕하면서 통곡하고, 예능이나 만화 보면서 울고, 짧은 광고 보다가도 울고, 남이 울면 무조건 따라 울며, 다른 사람 결혼식에선 신부나 신부 부모님보다도 먼저 울고, 웬만큼 서먹한 관계가 아니고서는 조문 가서 상주보다 더 울어서 민망할 정도였다. 이러니, 다른 사람도 아니고 상복을 입은 이준을 보고 내가 울지 않을 수 있을까, 내가? 도저히 자신이 없었다.

내일 가면 지금보다는 몰골이 나을 테지만 래현과 시간을 맞추려면 오늘 밤에 내려갈 수밖에 없다.

울면 안 돼, 를 마음속으로 열 번쯤 되새긴 후 이준에게 전화를 걸었다. 부고가 전해지고 거의 다섯 시간만이었다.

— 언니야…….

다짐 덕분이었는지 크게 울지 않고 전화를 끊을 수 있었다. 수화기 너머의 이준은 생각보다 담담했다. 대구에 와도 되는 건지, 다녀가면 이 주간 자가격리해야 하는 건 아닌지 오히려 나를 걱정했다. 래현이 전해준 바에 따르면 이준과 자형, 자형과 래현, 래현과 이준은 이미 아침에 서로 통화하며 한바탕 울었다고 한다.

이준은 자형과 래현, 나보다 한 살 위다. 우리는 신문방송학과 내 참언론연구회라는 학회 동기로 만났다. 나는 일 학년 때부터 학회 소속이긴 했지만 첫 일 년은 동아리 활동하느라 학회에는 이름만 올려놓은 채 거의 나가지 못했다. 인기가 없어서 신방과 내 다섯 학회 중에서도 가장 회원 수가 적었던 학회의 선배, 동기 들은 그런 나를 인내로 지켜보며 언젠가 돌아오기를 기다려줬다. 나를 제외한 셋은 가입 직후부터 성실하게 학회 생활을 했고, 다음 해 그들 모두 학회 간부가 됐다. 해가 바뀌면서 떠날 사람 떠나고, 남은 건 그들 셋이 거의 전부였으니 사실상 전 학회원의 간부화였고 그건 우리 학회의 최신 전통 같은 거였다. 직함이 없는 거의 유일한 학회원이었던 내가 그러니까 왜, 언제부터 다시 학회에 나가기 시작했더라? 졸업 후 넷이 모이면 가끔 그 처음을 되짚어보곤 했지만 각자 기억이 달라 늘 합의된 하나의 계기를 찾지 못한 채 다른 이야기로 넘어가곤 했다.

내가 기억하는 버전은 이랬다. 학회장이었던 이준이 어느 날 내게 전화했고, 학회의 이런저런 이야기를 했고, 울었다. 학회 내에서 벌어지는 그야말로 이런저런 일들, 소수의 인원이 하드캐리하는 구조에서 학회장이 갖게 되는 책임감, 그리고 어떤 집단에든 꼭 있는 학년별 이상한 사람들-이건 선배와 후배와 동기를 가리지 않는다-. 책임감 강한 이준이 그런 이야기를 하기에는 내가 아주 적확한 상대였던 것 같다고, 자형이나 래현에게 이야기해서 짐을 지우거나 선배들에게 이야기해서 걱정시키거나 할 수는 없고 그렇다고 후배들한테 하소연할 수는 더더욱 없으니, 학회 사정을 대략 알지만 중심에선 벗어나 있는 내가 그런 이야기를 다 쏟아낼 수 있는 적절한 대상이었을 거라고, 나는 생각했다. 친해진 후 들은 얘긴데 이준은 자기는 슬플 때보다 억울할 때 눈물이 난다고 했다.

지난 이십 년 동안 이준이 우는 걸 본 건 손에 꼽는다. 사실 손에 꼽기도 애매한 게, 이준의 아버지가 암 진단을 받기 전에는 우는 걸 본 기억이 거의 없다. 남자 때문에 한 번 울었던 것 같고, 입사 후에 또 한 번 우는 걸 본 적이 있었던 것도 같은데 이건 확실치 않다. 정확하게 기억나는 건 남자 때문에 울었던 일인데 그땐 확실히 억울해서 운 게 맞았다. 반면, 자형은 평소엔 안 울었지만 술만 취했다 하면 울었고 래현과 나는, 뭐 그냥 울보였다. 그러니 이준의 눈물은 우리 셋 모두에게 눈물 버튼이었다. 잘 울지 않는 이준이 울면, 잘 우는 우리가 따라 우는 수밖에. 어쨌든 이준이 울며 힘들다고 토로했던 바로 그 전화 때문에 나는 학회 모임에 한 번이라도 더 나가려고 애썼고, 일단 갔다가 일찍 나와 동아리 모임에 다시 가는 한이 있어도 얼굴은 비추고 오려고 했고, 그러다 결국 발을 점점 더 깊숙이 담그게 됐던 것 같다.

학회를 중심으로 대학 생활을 하며 울고 웃었던 우리는 졸업 무렵 조금씩 흩어져 살게 됐다. 충주가 고향이던 래현이 가장 먼저 취업해 성남에 자리를 잡았다. 이준과 자형은 대구에서 취업했고 나는 진주와 대구의 일자리를 거쳐 서른 즈음 서울로 왔다. 그때부턴 넷이 만날 일이 있으면 항상 둘씩 짝지어 움직였다. 중간 지점에서 만나거나, 출발지와 출발 시각, 도착 시각은 다르지만 목적지는 같은 그런 여행을 아주 꾸준히 규칙적으로 했다. 그러다 자형과 이준, 래현이 차례로 결혼하고, 하나만 낳을 것처럼 하더니 둘을 낳거나, 안 낳을 것처럼 하더니 하나를 낳거나 한 후에는 일 년에 한 번 다 같이 만나는 것도 힘들어졌다. 그나마도 넷이서만 만나는 건 꿈도 꿀 수 없었다. 작년 봄엔 나름대로 가운데 지점인 문경에서 모였는데, 각각 신랑과 애 또는 애들을 데려왔고 나만 딸린 식구 없이 혼자였다. 이준은 기회만 되면, 그래도 결혼을 한 번은, 일단 해보라고 자꾸 권했고, 래현은 굳이 할 필요 없다는 쪽이었고, 가장 먼저 결혼과 출산을 경험한 자형은 별말 하지 않았다. 자형은 다만 이상할 정도로 남편을 사랑했다.

─ 돌아올 때는 집까지 태워줄 테니까 갈 때는 네가 이쪽으로 좀 넘어와.

래현과 서현역에서 만나기로 한 시각은 오후 6시였다.

나는 성형외과에 전화를 걸었다.

─ 월요일에 눈밑지 했는데요, 오늘 문상 갈 일이 생겨서요. 혹시 울

어도 괜찮나요?

　- 아뇨. 울면 안 좋으세요. 지금 조직을 레이저로 다 이렇게 해놓은 상태라서 굉장히 예민해져 있기 때문에 많이 우시면 실핏줄 같은 게 터져버릴 수도 있어요.

　'지금까지 조문 가서 적게 울고 온 적이 없는데 어떡하지….'

　- 혹시 화장은요? 아직 안 되나요?

　- 네, 오늘 삼일 차시니까 안 하시는 게 좋으세요. 한 일주일 정도는 되도록 안 하시는 게 좋아요.

　'아아 씨, 어떡하지….'

　- 그럼 혹시 세수는 해도 되나요? 눈 밑에 아직 그, 밑그림 자국이 있어요.

　- 하셔도 되는데요, 말씀드렸다시피 그 펜이 잘 안 지워지는 거라서 무리하게 지우시면 안 되세요. 그리고 머리를 숙여서 세수하거나 샴푸 하시면 압력 때문에 안쪽에서 피가 나거나 할 수 있으시니까 가급적이면 숙이지 마시고 씻으셔야 하세요.

　'머리를 안 숙이고 도대체 어떻게…….'

　전화를 끊은 후 나는 급한 대로 마스크부터 써 보았다. 다행히 가장 흉한 부위는 얼추 가려지는 것 같았다. 시계를 봤다. 지금 12시 30분. 6시까지 서현역에 도착하려면 5시에는 집에서 나가야 했다. 그럼 보자, 항생제 먹어야 하니까 점심 먹고(1시), 부기가 조금이라도 빠지게 얼음찜질 한 시간 하고(2시), 화장 안 한다 해도 선 자세로 씻고 준비하려면 한 시간은 잡아야 하고(3시), 빈소 가서 마스크도 못 벗을 테니 집 나서기 직전에 저녁도 미리 먹어두고(4시). 그래도 한 시간 정도 여유가 있네. 그럼 머리는 미용실 가서 감을까?

그런데 얼음찜질이 끝나고 보니 찜질팩을 너무 세게 누른 건지, 수술한 보람도 없이 눈 밑이 다시 깊게 꺼져버린 것처럼 보였다. 몹시 불안해진 나는 다시 성형외과에 전화했다. 돌아온 답은, 부기 때문에 그렇게 보일 수도 있지만 직접 보지 않고는 알 수 없다, 토요일 경과 확인 때 직접 봐야 정확하게 말씀드릴 수 있다, 는 것뿐이었다. 토요일까지 마냥 기다리기에는 너무 불안했다. 나는 폭풍 검색을 시작했다. 광고 글이다 싶은 건 모두 건너뛰고 '내 돈 주고 한', '진짜 리얼 후기'라는 언급이 있는 거로만 골라 읽었다. 수술 사흘째 되는 날 나처럼 다시 예전처럼 눈 밑이 패여 버린 사람이 있는지 보려고 '3일 차'라는 검색어도 추가했다. 블로거들은 1일 차, 2일 차, 3일 차마다 꼼꼼하게 사진을 찍어서 올렸지만 전부 나보다는 부기나 멍이 덜했다. '보정 앱 안 쓰고 기본 카메라로 찍은 거예요.' 근데 왜 내 사진이랑 이렇게 다른 걸까… 하나같이 경과도 좋고 무엇보다 피부가 좋네… 하아, 수술 거 제대로 자리 잡으면 피부관리부터 받아야겠어… 그나저나 후기에는 죄다 눈 밑에 뭘 붙여줬다고 돼 있는데 우리 병원은 그런 것도 없고 그림도 안 지워준 거야… 병원을 좀 더 많이 알아보고 해야 했나… 효과 없으면 어떡하지….

스마트폰 배터리가 떨어져 잔량 표기 아이콘이 붉은색으로 변하고 난 후에야 정신이 들었다. 이미 세 시가 훌쩍 지나 있었다. 미용실은 엄두도 못 내고, 머리를 뒤로 젖힌 어정쩡한 자세로 서서 씻고 나왔는데 마침 래현에게서 반가운 메시지가 와 있었다. 아기 저녁 먹여야 하니 삼십 분만 늦게 만나자는 거였다.

서현역에서 헤매고 헤매다 래현이 차를 대고 기다리는 곳에 겨우 도착하니 6시 45분이 살짝 지나 있었다. 래현이 주소를 미리 찍어둔 내비게이션은 도착 예상 시각을 오후 9시 30분으로 표시하고 있었다.

"중간에 휴게소도 들르고 하면 10시쯤 되겠다… 일단 안경이랑 마스크 벗어 봐, 얼굴 보자."

나는 백미러를 젖혀 얼굴을 먼저 확인한 후 래현 쪽으로 고개를 돌렸다.

"봐, 장난 아니지?"

"생각보단 괜찮네. 그나저나 너 안 울 수 있겠어?"

차가 서서히 출발했다.

"일단 오늘 언니랑 통화할 때는 거의 안 울었다. 언니도 안 울고…."

"나는 자신 없는데."

자신 없다는 래현에게 나는 몇 번이나 얼렀다. 너 울면 나도 끝이니까 절대로 울면 안 된다고.

"나는 언니랑 언니 어머니랑 눈을 안 마주칠 거야. 너도 눈을 보지 마."

무슨 대단한 비법이랍시고 몇 번이나 다짐을 받아둔 후에 일찌감치 빈소에 가 있는 자형에게 전화했다.

— 자형아, 언니 많이 우나.

— 아니, 안 운다. 괜찮다. 나도 안 울었다.

나는 자형에게 곧바로 성형 사실을 고백했다. 울면 큰일 난다는 말도 잊지 않고 덧붙였다.

— 근데 사람 많나.

— 아니, 없다.

— 맞나…….

자형의 아버지가 돌아가신 것도 아닌데 이상하게 뭐라고 말해야 할지 떠오르지 않아 순간 말문이 막혔다.

– 혹시 선배들한테 연락했나.
– 아니, 언니가 하지 말래서 안 했다.
– 맞나…….

한 번 더 막혀버린 말문 앞에 자형의 명쾌한 마무리가 닿았다.

– 조심해서 온나. 내가 명진이한테도 너 울면 안 된다고 조심시켜놓으께.

늦잠 때문에 부고 자체를 너무 늦게 알게 되기도 했지만 내가 이준 아버지의 부고 소식을 알린 다른 사람은 형지뿐이었다. 이준의 아버지는 담도암이었다. 얼마 후에는 형지 아버지가 췌장암 진단을 받았다. 그보다 조금 앞서서는 내 큰삼촌이 폐암 진단을 받고 항암치료 중이었다. 형지는 내게 삼촌과 이준 아버지의 치료나 예후에 대해 이것저것 물었다. 너무 막막할 땐 누구라도 붙잡고 사소한 거 하나도 놓치지 않고 다 물어보고 싶어진다는 걸 나도 이미 잘 알고 있었다. 다른 사람은 이미 아는 걸 내가 미처 몰라서 가까운 사람의 고통이 커지거나 함께 보낼 시간이 줄어들게 될까 봐 무섭고 불안한 마음. 형지는 나를 거쳐 이것저것 묻다가 어느 날 이준과 직접 통화할 수 있겠느냐고 부탁했다. 이준은 흔쾌히 환자 가족으로서의 경험과 지식을 형지와 나눴다.

형지 외에도 이준을 같이 아는 사람들이 있지만 따로 연락하지 않았다. 이준이 절대로 연락하지 말라고, 시국도 시국이지만 무엇보다 연락 안 한 지 너무 오래돼서 굳이 알리고 싶지 않다고 했기 때문이었다. 그런데도 한 사람에게라도 더 알려야 하는 건 아닐까 하는 고민을 전혀 하지 않은 건 아니었다.

이준의 아버지가 돌아가시기 한 달 전쯤 이준이 전화를 했었다. 잘 지내느냐고 물어보면 뭐라고 대답해야 할지 모르겠다고, 그렇다고 아무렇지 않게 일상적인 이야기를 나누는 것도 힘들다고, 그러니 당분간 단톡방에서 아무 말 하지 않아도 이해해 달라고 했던 이준의 전화였기에 더 반가우면서도 불안했다. 병원에선 올 초에 이미 길어야 석 달이라고 했고, 1월은 큰 통증 없이 잘 넘겼지만 지난달부터는 통증도 심하고 거의 드시지도 못해서 마음의 준비가 필요한 것 같다고 이준이 전했다. 대구경북 쪽으로 코로나 확진자가 속출하던 시기였다. 그날의 통화에서 이준의 아버지가 "언제 죽어도 그렇겠지만 지금 죽으면 진짜 개죽음"이라고 했다는 게 자꾸 생각났다. 그때 우리는 같이 울었다. 슬퍼서였을까, 억울해서였을까.

그때를 떠올리면 한 명에게라도 더 알리는 게 옳은 일 같았다. 한 명이라도 더 와 준다면 이준의 아버지가 조금은 덜 쓸쓸하실지 모르니까. 하지만 결국 나는 같이 알던 선후배들에게 연락하지 않았다. 이준은 마음에 없는 소리를 예의상 하는 성격이 아니었다. 그러니 연락하기 싫다고 했다면 진짜 싫은 거라고, 하지 말라고 했으면 진짜 하면 안 되는 거라고, 그렇게 결론지었다. 혹시나 빈소에서 이 몰골로 아는 사람들 마주치면 어떡하지, 그런 생각을 안 한 건 아니었다. 그래서 자형도 선배들에게 따로 연락하지 않았다는 대답을 들었을 때 묘하게 안도감을 느끼는 나 자신의 모습을 일단 모른 체했다.

"오랜만에 운전하니까 좋다."

래현은 어쩐지 조금 상기된 듯했다. 코로나19 때문에 외출도 잘 못하고 차를 오래 세워놨더니 누가 자꾸 폐차 안내문을 와이퍼에 끼워둔다고, 오랜만에 몰아서 그런가 차가 너무 안 나간다고 불평하면서도, 이렇게 장거리 운전을 하는 게 좋다고 했다. 오랜만에 너랑 같이 차 타고 멀리 가는 것도 좋다고, 이런 일로 가는 것만 아니라면 너무 좋았을 거라고.
　창밖이 어둑해지고 있었다.
　"그나저나, 너 정말 울면 안 돼. 너 울면 나 정말 끝나."
　"안 울어. 집에서 많이 울고 왔어."
　계속 자신 없어 하던 래현이 반복되는 촉구에 지쳤는지, 이번엔 정말로 결심한 건지, 앞서와는 달리 자신 있게 대답했다.
　"아빠 돌아가셨을 때 나는 사람들이 정말 이해가 안 됐거든. 우리 아빠는 죽었는데, 이제 죽고 없는데 어떻게 저 사람들은 여기서 저렇게 먹고 마시고 떠들고 웃고 취해서 싸우고, 어떻게 저러지, 어떻게. 자기 형제고 동생이고 형이고 조카고 친구고 다들 그런데 어떻게 저럴 수가 있지, 너무 싫은 거야. 그래서 너무 싫다고, 사람들 다 너무 싫다고 엄마한테 그랬더니, 원래 조문객은 그렇게 하는 거라고 하시더라. 가서 먹어주고 떠들어주고, 손님 치를 동안은 상주들 정신없게 만들어주는 게 조문객의 역할이라고 엄마가 그러데. 그러니까 우리도 가서 그러자, 평소처럼. 울지 말고."
　거짓말을 한 건 아니지만 왠지 조금 창피했다. 내 경험까지 동원해 가며 래현의 슬픔과 그 표현을 막고 있다는 기분을 지울 수 없었다.
　래현이 동생에게 중고로 넘겨받은 후에도 몇 년을 더 탄 젠트라는 정말 잘 안 나가는 게 맞는지 도착 예정 시각이 조금씩 늦춰지고 있었다. 어차피 늦은 거, 안 나가는 차 밟느라 스트레스받지 말고 천천히 가자고 했다. 우리는 기름도 넣고 커피도 살 겸 휴게소로 진입했다. 불이 켜져 있는 건 화장실과 식당, 편의점 세 군데뿐이었다. 주유소도, 커피전문점도 영업을 하지 않았다. 늘 사람들로 북적이던 휴게소가 영화에서나 보던, 땅이 굉장히 넓은 나라의 외진 곳에 있는 휴게소처럼 낯설었다. 굉장히 먼 곳으로 가고 있는 기분이 들었다.

"코로나 때문인가. 시간이 늦어서 그런가."

"오늘 휴일인데 이 시간에 벌써 닫을 리가 없지. 코로나 때문인 것 같아."

래현은 대답하며 천천히 휴게소를 통과했다. 다음으로 들른 덕평휴게소도 사정은 비슷했지만, 셀프주유소는 이용이 가능했다. 우리는 편의점에서 아주 신중하게 캔 커피를 골랐다. 미리 현금을 찾아두지 못한 나는 ATM기에서 현금을 뽑았다. 오만 원권 대신 만 원권 지폐가 우르르 쏟아져 나왔다.

덕평휴게소를 나설 때 엄마에게 전화가 왔다. 잘 안 들리는지 자꾸 되묻는 엄마에게 덕! 평! 덕! 평! 덕! 평! 이라고 큰 소리로 세 번쯤 외친 후에야 대화를 시작할 수 있었다.

— 니 가서 절대로 울지 마레이.

— 안 운다. 오늘 낮에 언니랑 통화할 때도 안 울었다.

대단히 자랑스러운 일이라도 한 것처럼 내가 대답했다. 그런데 울지 않겠다고 다짐하면 할수록 왠지 이 다짐이 모두 헛된 일이 될 것만 같은 불안한 마음이 함께 올라왔다.

휴게소에 두 번이나 들러서였는지 빈소에 도착한 건 10시 30분이다 돼서였다. 장례식장 건물 지하에 있는 빈소는 예상한 대로 아주 고요했다. 늦은 시각이긴 했지만 그 넓은 공간이 무안할 정도의 적막이었다. 보이는 건 상복을 입고 벤치에 누워 있는 사람뿐이었다. 입구에서 짠 소독제를 손으로 비비며 눈으로 빈소를 찾는데, 마침 화장실에서 나오던 이준의 남편과 멀리서 눈이 마주쳤다.

"형부다!"

다가오기를 기다리며 멈춰 선 이준의 남편에게 나는 손을 들어 흔들어 인사했다. '평소처럼, 평소처럼.' 마음속으로 그렇게 말했지만 사실 지금까지 한 번도 이준의 남편에게 손을 흔들어 인사한 적은 없었던 것 같다.

"왔나? 멀리서 오느라 고생들 했제."

인사를 주고받으며 빈소로 갔다. 3시부터 와 있었던 자형과 학회 활동을 같이 시작했지만 지금은 학회 소속이 아닌 명진, 그리고 이준이 자리에서 일어나 우리를 맞았다. 먼저, 입꼬리를 끌어올려 웃어 보인 후 신발을 벗고 빈소에 올라갔다. 나는 다가오는 이준의 턱쯤을 보면서 이준을 두 팔로 껴안았다.

"오느라고 고생했제."

래현과도 인사를 마친 이준이 물었다.

"아니다, 우리가 너무 늦게 왔지."

인사를 나누는 동안 아무도 울지 않았다.

사람이 너무 없어서 집중된 이목을 견디며, 나는 가방을 벗어 자형에게 건네고, 인출해온 돈과 셋이 함께 모은 돈을 봉투에 담고, 부탁받은 조의금도 따로 봉투에 담아 이름을 차례로 썼다.

봉투를 손에 든 채 영정사진을 모신 빈소에 들어가 향을 피워 꽂았다. 래현도 향을 꽂아야 하는 게 아닌가 해서 쳐다봤지만 이준과 이준의 남편이 괜찮다는 듯 신호를 보냈다. 여전히 두 개의 봉투를 손에 들고 이준의 아버지 사진을 향해 첫 번째 절을 하는데, 절을 하면서 봉투를 손에 쥐고 있는 게 어쩐지 이상하다는 생각이 들었다. 그래서 두 번째 절을 하기 위해 일어설 때는 봉투를 바닥에 내려놓았다. 그런데 두 번째 절을 하며 바닥에 엎드리는 동안 이번엔 봉투가 바닥에 있는 게 너무 이상하다는 생각이 들었다. 일어서면서 다시 봉투를 집어 들었다. 이준과 이준의 남편, 그리고 처음 보는 두 명의 상주와 잠시 마주 섰다가 다시 절을 했다. 봉투는 여전히 내 손에 들린 채였고 나는 그게 이상해서 견딜 수가 없었다. 절이 끝나기가 무섭게 함에다 봉투를 넣어버렸다. 친척 어른으로 보이는 두 분과 눈인사를 나누고 방을 나서며 이준에게 물었다.

"언니 어머니는?"

어머니는 이준의 이모와 함께 안쪽 방에 누워 쉬고 계셨다. 도착하기 전엔 이준의 얼굴을 보는 것보다 어머니 얼굴을 보는 게 어쩐지 더 걱정스러웠는데, 막상 인사를 나누고 나니 모든 관문을 통과했다는 안도감이 들었다. "앉아서 뭐 좀 무라" 하시는 이준의 어머니에게 얼른 다시 들어가서 쉬시라고 말하며 손을 잡았다. 그때였다. 단숨에 눈물이 차올랐다. 어머니 손이 너무 따뜻했다. 눈알을 있는 힘껏 위로 쳐들고 그만 들어가시라고 말하며 어머니의 손을 놓았다. 다행히 눈물도 다시 들어갔다.

텅 빈 빈소의, 아주 구석도 아니고 그렇다고 한가운데도 아닌 곳에 우리는 자리 잡았다. 이준이 부고를 전한 건 오전 8시 30분쯤이었는데, 3시에 도착한 자형이 첫 번째 조문객이었다고 했다. 뒤이어 4시쯤 도착한 명진과 둘이서 그렇게 내내 자리를 지키고 앉아 있었다. 뭘 좀 먹으라며 자꾸 상을 새로 차려주시려는 이준의 이모를 들어가시게 하고, 이번에는 직접 나오신 어머니도 다시 들어가시게 하고 우리는 둘러앉았다. 넓은 빈소의 테이블마다 반투명 종이가 깔려 있었지만 상이 차려진 건 우리 테이블이 유일했다. 자형과 명진, 혹은 이준과 이준의 남편이 여덟 시간 가깝도록 거기 앉아 틈틈이 먹었을 음식의 일부가 상 위에 남아 있었다.

"안경 꼈네? 자형이한테 얘기 들었다."

이준이 엷게 웃으며 말했다.

"응, 이거 알 없는 안경. 밖에 다닐 때는 선글라스 끼는데 여기서도 그거 끼고 있을 순 없잖아. 그래서 옛날에 쓰던 안경 찾아서 알 빼서 쓰고 왔다. 내가 이거 알 빼느라고 얼마나 힘들었는 줄 아나, 막 안경 빼는 법 검색해서… 근데 또 수술한 부위에 너무 힘 들어가면 안 되니까 최대한 얼굴에 힘 빼고 어떻게든 알 빼볼라고 이렇게 막…."

이어서 나는 신나게 성형 후기를 전했다. 처음엔 같이 이야기 나누던 이준의 남편이 어느새 안쪽 테이블 옆으로 가 눕더니 금세 코를 골며 잠들었다. 어쩌다 보니 테이블 이쪽엔 나와 명진, 저쪽엔 이준, 래현, 자형이 앉았는데, 이쪽은 미혼, 저쪽은 기혼이었고, 이쪽은 성형 경험이 있고, 저쪽은 없었다. 성형 얘기, 피부 얘기, 좀 전에 다녀갔다는 다섯 살이나 많은 왠지 이름만 말해도 웃기고 얼굴을 보면 더 웃긴 동기 오빠 얘기, 애들 얘기, 남편 얘기, 그리고 이준의 아버지 얘기를, 두서없이 나눴다. 한때 둘도 없이 친했던 무리를 대표해 혼자 다녀간 동기 오빠 얘기가 나왔을 땐, 그래도 얼굴 봤으면 반가웠을 거라는 생각이 들었다. 조금이라도 어려 보이겠다고 수술해서 이런 몰골이 된 걸 봤다면 아마 엄청나게 놀렸겠지만 그래도 많이 웃고 좋았을 것 같았다.

"회사 사람들은 좀 왔다 갔나?"

"응, 세 명."

이준은 담담하게 대답했지만 나는 오지 않은 사람들을 원망했다. 이제 대구·경북이 수도권보다 확진자도 더 적은데 그래도 이런 날은 좀 와 주면 좋지 않으냐고, 다들 너무하다고, 이준이 부의금함 열쇠를 받아오느라 잠시 자리를 비운 새 원망을 쏟아냈다.

"대구·경북은 아직 분위기가 좀 그렇다. 아직 병원에 입원 중인 사람도 많고 하니까, 사람들이 병원 오는 거 자체를 꺼린다."

명진이 차분히 설명했다.

"하긴……."

잠시 침묵이 오갔다.

"근데, 내 눈 보여주까?"

내내 마스크를 쓰고 있던 내가 안경과 마스크를 벗었다.

"야! 별로 심하지도 않네."

일찌감치 내 얼굴을 본 래현을 제외한 세 명이 마치 서로 맞춘 것처럼 소리쳤다.

"그치? 답답한데 그냥 벗고 있어."

유일하게 서울말을 구사하는 래현이 맞장구쳤고, 나는 접시 위에 남아 있던 마지막 방울토마토 하나를 집어 먹은 후 벌컥벌컥 물을 들이켰다.

"니 지금 그거 먹고 싶었는데 마스크 못 벗어서 참은 거였나?"

이준이 웃었다.

"아니… 그냥 하나 남았길래…."

"더 주까?"

"아니아니, 괜찮다."

우리 넷은 열두 시가 다 돼서 빈소를 나왔다. 이준이 가득 찬 음료 냉장고에서 이것저것 꺼내 챙겨줬다.

"컨디션은 숙취 해소용인데 피로 회복도 되는 건가?"

"숙취 해소가 피로 회복이지 뭐."

차 세 대에 나눠 탄 우리는 나란히 병원을 나섰다. 방향이 같은 자형과는 한참을 앞서거니 뒤서거니 달리며 불빛으로, 카톡으로, 전화로, 몇 번이나 잘 가라고 인사를 했다.

갈 때와 달리 돌아오는 길은 너무 피곤했다. 갈 때도 적막했던 휴게소는 오는 길에 더 적막했다. 진입로는 앞이 보이지 않을 정도로 화물차만 가득했고, 화장실과 건물 안쪽 깊숙이 위치한 식당 외에는 불이 전혀 켜져 있지 않아서 래현과 같이 있는데도 무서웠다. 화장실에 드나드는 남자들이 보이는 것만으로도 무서워서 무섭다고 말한 뒤에는 그 사람들에게 미안해졌다. 몇 시간 새 기온이 많이 떨어져서 화장실에만 다녀왔는데도 몸이 부들부들 떨릴 정도로 추웠다.

차에 타니 끊임없이 하품이 나왔다. 새어 나온 눈물을 가운뎃손가락 끝으로 조심조심 콕콕 두드려 닦으며, 화물차 운전은 너무 위험하고 또 너무 외로운 직업일 것 같다고, 그나저나 이 시간에 혼자 휴게소에 왔다면 너무 무서워서 화장실도 못 갔을 거라고, 근데 우리 다

안 울어서 다행이라고, 혹시 우리가 전부 너무 안 울어서 언니가 섭섭했으려나, 아니야 그래도 많이 울렸다면 언니 안 그래도 못 잤는데 너무 진이 빠졌을 거라고, 무엇보다 재택근무가 4월 말까지로 연장됐으면 좋겠다고, 그러면 완벽하게 회복한 후 감쪽같은 모습으로 출근할 수 있을 거라고, 너 나부터 내려주고 집 가면 거의 아침이겠다고, 그럼 금방 아기가 깰 테고 얼마 자지도 못해서 어쩌냐고, 나는 혼자서 끝도 없이 중얼거렸지만 집이 가까워질수록 정신은 아득해져 갔다.

- 『열세 번째 영향력』 (2020.07. 발표)

여름

일본근대문학관의 우산
손끝에서 또 한 사람이 걸어 나갔다

희자
미안한 일들이 많아서 쓴다

눈썹을 만지는 오후
우리는 관세가 부과되지 않는 신을 수입했다

일본근대문학관의 우산

기대와 달리 날이 맑았다. 고마바토다이마에역에서 내려 구글 지도를 따라 걸어 올라갔다. 십 분쯤 가니 대나무로 엮은 벽 가운데 통로를 내고 작은 지붕을 얹은 무언가의 입구가 나왔다. 오른쪽에 붙은 나무 현판에 '駒場公園東門고마바공원동문'이라고 쓰여 있었다. 분명 키보다 높은데도 왠지 허리를 숙여 들어가게 되는 낮은 문이었다. 문을 지나자 왼쪽으로 꽤 오래되어 보이는 일본식 저택이 보였다. 이게 근대문학관인가, 하고 안에 들어갔다. 고택 내부엔 관광객으로 보이는 열 명 정도의 무리가 있었다. 머리가 하얗게 셌지만 얼굴은 젊어 보여서 나이를 점치기 어려운 사람이 그들 앞에 서서 무언가를 설명하는 중이었다.

근대문학관이라고 하기엔 내부가 너무 텅 빈 공간이었다. 누군가가 살았으나 이제 아무도 살지 않는 집인 듯했다. 홍보물도 일본어로 된 것만 둔 걸 보면 외국인 관광객이 자주 찾는 곳도 아닌 것 같았다. 사람들이 모여 선 다다미방을 지나, 소리가 와닿긴 하나 의미는 알 수 없는 타국의 언어를 배경 삼아 툇마루 모퉁이에 걸터앉았다. 등에 닿는 약간의 시선을 느끼며 안쪽의 정원을 바라보았다. 비가 왔더라면 좋았을 것이다. 이야가 이곳도 다녀갔다면 그가 본 것은 비 오는 정원이었을 테니까. 이야는 앉을 데가 있다면 그냥 앉아서 특별히 바라볼 것 없는 곳을 하염없이 바라보는 것을 좋아했다. 비가 오는 날은 맑은 날보다 하염없는 시간이 더욱 길었다.

　이야가 그랬을 것처럼 오랫동안 앉아 하염없이 그곳을 바라보고 싶었지만 무엇을 더 봐야 할지 알 수 없었다. 이야는 일본의 정원을 좋아했다. 아무것도 없지만 모든 게 있어서 좋다고 했다. 작은 연못과 돌과 나무와 풀, 아무리 보아도 그것뿐이어서, 같이 있을 때는 이야의 시선이 가는 곳을 좇았다. 무엇을 보는지 궁금해도 묻지 않았다. 이야에게 보이는 것을 보지 못한다는 사실을 알리고 싶지 않았으니까. 시선을 좇다 지루해지면 이야를 보았다. 너무 티가 나지는 않도록 그의 머리카락 사이를 통과하는 빛이나 그의 어깨 위에 쌓이는 먼지 같은 것을, 너무 오래는 보지 않도록 애썼다. 그를 본다기보다는 그를 에워싼 공기 사이에 시선을 놓아둔다는 기분이었다. 지금은 그 공기에 사흘의 시차가 생겼다.

　사흘 전, 이야는 도쿄에 있었다. 일본 출장을 마치고 주말을 거기서 보내는 모양이었다. 토요일 밤, 그의 인스타그램에 일본근대문학관에서 찍은 사진이 여러 장 올라왔다. 해경은 충동적으로 도쿄행 비행기표를 끊었다. 그리고 다음 날 오후 아사쿠사에 예약해 둔 호텔에 체크인 했다. 일본근대문학관이 일요일과 월요일, 이틀이나 휴관한다는 건 체크인을 하고서야 알게 됐다.

침대 옆 차 테이블 위에 스마트폰을 내려놓은 해경은 약간 멍한 상태로 코 밑에 검지를 대어 톡 톡 톡 톡 만졌다. 코 아래쪽 끝과 인중이 만나는 자리가 따끔따끔했다. 비행기를 타기 전까지만 해도 살짝 불긋한 정도였던 뾰루지가 일본에 도착해서 보니 어느새 잔뜩 익어 있었다. 공항버스를 타고 이동하는 동안 참지 못하고 짜냈을 때 그 조그만 구멍에서 콸콸, 이라고 해도 좋을 만큼의 피가 나왔다. 피가 겨우 멎고 그 위에 얇은 막이 생겼지만 톡 톡 만져보다가 참지 못하고 떼어버리고, 다시 톡 톡 만져보다가 참지 못하고 떼어버렸다. 그 자리가 자꾸 따가웠다. 만지다 보면 뜯게 되고 뜯어버리면 피가 나는 걸 아는데 자꾸 만지게 된다. 그만 좀 만져, 하는 목소리가 들리는 것 같았다. 그 목소리에는 사흘보다도 훨씬 더 긴 시차가 있었다.

해경은 검지를 코 밑에서 떼지 못한 채 인스타그램 화면을 밀어 올렸다. 이야는 일거수일투족을 인스타그램에 남기는 정도까진 아니었지만 여행 중엔 매우 많은 것들을 찍어 올렸다. 실시간인 경우도 있고 찍어놓고 한참 후에 올리면서 시간순서가 서로 바뀌는 경우도 있었는데, 어쨌든 인상적인 게 있으면 별다른 언급 없이 사진으로라도 꼭 올려두곤 했다.

코 밑을 두 번째에서 네 번째 손가락으로 바꿔 만지며 해경은 센소지로 갔다. 이야가 '남겨진 불운들'이라는 여섯 글자와 함께 올린 사진 속 장소가 센소지였다. 붉은색으로 칠한 나무 선반에 'ONLY if you drew

a bad fortune, please tie it to a rack 불운을 뽑은 경우에만, 선반에 묶어주세요.'
라고 적힌 종이가 붙어 있었고, 그 아래로 쪽지처럼 접은 종이들이 듬
성듬성 묶여 있었다. 검색해 보니 센소지에 가면 '오미쿠지'라는 이름
의 운세 뽑기를 할 수 있다고 했다. 문 닫기 십 분 전에 센소지에 도착
한 해경은 오미쿠지 통을 흔들어 숫자 8을 뽑았다. 8은 이야가 좋아하
는 숫자였다. 그것만으로도 이미 굉장한 행운이라고 느꼈는데, 숫자 8
이 적힌 서랍에서 꺼낸 운세는 '베스트 포춘Best Fortune', 대길大吉이었
다. 오미쿠지에 '소원은 이루어지고, 병은 낫고, 기다리는 사람은 오고,
잃어버린 것은 찾을 것'이라고 쓰여 있었다. '대길'부터 '대흉大凶'까지
일곱 종류의 운 중에서도 가장 좋고, 가장 뽑기 어렵다는 대길을 뽑았
다는 사실을 검색으로 알게 된 해경은 충동적인 결정이긴 했어도 일본
에 오길 정말 잘했다고 생각했다. 일본근대문학관이 월요일까지 휴관
한다는 사실을 알고 가라앉았던 기분이 금세 좋아졌다.

 오미쿠지를 부적처럼 지갑에 넣고서 지나다 눈에 띈 이자카야에 들
어가 생맥주와 난꼬츠를 주문해 먹었다. 다음날엔 카페 이름처럼 정말
천국의 맛이 났다던 팬케이크 가게에서 커피와 팬케이크도 먹었다. 그
외에는 특별한 목적지 없이 아사쿠사역과 센소지, 호텔 주변을 종일 걸
어 다녔다. 아마 이야도 그랬을 거라고 생각했다.

 화요일 아침, 해경은 눈 뜨자마자 외출 준비를 하고 아사쿠사역으로
갔다. 주황색 긴자선을 타고 시부야역까지 이동한 다음, 파란색 게이
오선으로 환승해 고마바토다이마에역에서 내렸다. 구글 지도와 표지
판을 따라 일본근대문학관으로 향하던 중 우연히 그 고택에 들어가게
된 것이었다. 고택에서 나와 입구를 다시 보니 '駒場公園和館 고마바코엔
와칸'이라고 쓰여 있었다.

일본근대문학관은 와칸[1]을 왼쪽에 끼고 오른쪽 담장을 돌자 바로 보였다. 생각보다 아담했다.

　하지만 입구로 가는 마당은 거의 건물 크기와 비슷하지 않을까 싶을 정도로, 건물에 비하면 또 굉장히 넓다고 할 만한 크기였다. 나무가 무성한 공원 안이어서, 어쩐지 발각되었다는 기분으로 마당을 가로지르는 동안 마주친 건 서로 손을 잡은 노인 두 사람과, 초록과 청록, 연두와 에메랄드 녹색 등 비슷하면서도 미묘하게 다른 색의 옷을 입고 양말을 신은 사람까지, 세 명이 전부였다.

　건물 입구에, 야외에 차려진 식탁에서 밥을 먹거나 커피를 마시는 사람들이 보였다. 이야가 생맥주와 커피잔, 읽던 책을 제목이 보이지 않도록 나란히 놓고 찍은 사진이 떠올랐다.

　해경은 왠지 모르게 조급한 마음이 드는 걸 누르며 유리문을 밀고 건물 안으로 들어갔다. 정면에 매표소로 보이는 작은 책상 앞에 일본인 치고는 체격이 좋은 중년 여성이 앉아 있었고, 그 왼편에 영어로 '분단'이라고 적힌 작은 입간판이 보였다. 문학관에 도착하자마자 식당으로 가는 건 그래도 좀 그러니까 크지도 않은 공간을 괜히 구석구석 둘러보는 시늉을 했다. 어딘지 모르게 촌스러운 공간이라는 생각이 들었다. 매표소와 분단의 입구 사이 벽에 걸린 낡은 포스터 게시판과 그 아래 놓인 가죽 소파, 그 반대편 정면에 있는 유리로 된 작은 장식장까지. 소파와 장식장은 여느 가정집 안에 있다 해도 어색하지 않을 정도로 작았고, 굉장히 오래되어 보였다. 삼 단 높이의 장식장에는 책 몇 권과 일본어로만 적힌 인쇄물들이 비스듬히 뉘어 있었다. 첫 글자만 크게 프

---

[1] 일본식 저택

린트했다거나 인쇄물마다 글자 크기와 자간, 줄 간격이 들쑥날쑥하게 다른 것이, 졸업한 지 너무 오래되어 모습이 희미해진 학교가 절로 떠오르는 공간이었다.

장식장 오른쪽에는 이 층 전시관으로 올라가는 계단이 있었다. 이야가 올린 사진에는 계단 중간에 '다자이 오사무 탄생 110주년 특별전' 포스터가 있었지만 그날이 마지막이었던지 다른 포스터가 붙어 있었다. 이야는 다자이 오사무를 좋아했다. 해경은 소설을 즐겨 읽었지만 일본 소설에는 이상하게 손이 잘 가지 않았다. 학생 때 무라카미 하루키를 읽은 후 일본 소설에서 완전히 관심이 멀어졌다. 정확한 이유를 설명할 수 없었지만 왠지 별로였다고, 그냥 일본 소설은 맞지 않는 것 같다고 했을 때 이야가 다자이 오사무는 다르다며 책을 선물했다. 해경은 그날 밤 하루 만에 『인간 실격』을 다 읽었다. 하지만 말하지 않았다. 며칠이 지나 이야가 책을 읽어봤느냐고 물어왔을 때는 요즘 피곤해서 책을 거의 읽지 못하고 있다고 거짓말했다. 주인공 요조가 자기 애인들에게 왜 그런 식으로 하는지 이해하기 어려웠는데, 다자이 오사무를 어떤 작가보다 좋아한다는 이야에게 그런 말을 하기는 더 어려웠다.

해경은 이 층 전시관으로 올라가는 대신 분단에 갔다. 그런데 소파에 앉아 있던 사람뿐만 아니라 일 층에 서 있던 사람 대부분이 대기 중인 손님인 모양이었다. 대기 명단에 한자로 이름을 적고 이름 옆에 괄호를 만들어 숫자 1을 썼다. 해경은 호명을 기다리며 이미 다 훑어본 공간을 어쩔 수 없이 다시 어슬렁거렸다. 바로 그때 입구 옆에 놓인 우산꽂이를 발견했다. 맑은 날이라 텅 빈 우산꽂이에서 낯익은 우산 하나가 눈에 들어왔다. 손잡이가 해골 모양이어서 마치 단두대에 목이 걸린 것처럼 보이는 그 우산은, 이야의 우산이었다.

해경의 가슴이 방망이질했다. '방망이질'이라니 근대문학관에 왔다고 이런 예스러운 표현이 다 떠오르네, 생각하는 와중에도 방망이질은 멈출 줄을 몰랐다. 크게 한 번 심호흡하고 혹시나 하는 마음에 우산을 자세히 살폈다. 그것은 분명하고도 또 확실하게, 이야의 우산이었다. 손잡이의 해골 모양이 특이하기도 했지만 한국에서 열리는 영화제에서 그해에만 기념품으로 판매한 거였기 때문에 확신할 수 있었다.

마음이 복잡해졌다. 이건 분명 이야의 우산이고, 이야는 지금 한국에 있다. 아마 문학관을 나설 때 비가 그쳐 있어서 우산 찾는 걸 깜빡한 게 아닐까. 다음날이 일요일이었으니 다시 찾으러 올 수도 없었을 것이다.

이야는 일 년 365일을 하루도 빠짐없이 우산을 갖고 다니는 사람이었다. 매일같이 무거운 우산을 들고 다니느니 일기예보를 꼬박꼬박 챙겨보는 편이, 편의점에서 비닐우산을 사는 편이, 이도 저도 아니면 그냥 맞는 편이 더 낫지 않으냐고 물었다. 이야는 우산을 깜빡해서 비를 맞는 것보다는 매일 챙겨 다니는 편이 그냥, 편하다고 했다. 그가 늘 가방에 넣어 다녔던 건 매우 큰 우산이었다. 이단 우산이라 접을 수 있으면서도 펼치면 직경이 무려 몇 센티미터나 된다고 자랑했었는데 이제 숫자는 잊었다. 언제고 기억나는 건 그 우산 속에 처음으로 함께 들어갔던 때였다. 같이 걸을 때 비가 내리기 시작했다. 비가 많이 올 거라는 예보가 있었던 날이었고 해경과 이야가 각자 우산을 꺼내 썼다. 서로의 우산 끝이 자꾸 부딪혔다. 그냥 이걸 같이 써도 될 것 같은데. 이야가 말했고 해경은 잠시 망설이다 우산을 접었다. 이야가 자랑스러워하며 말했다. 이것 보라고, 직경이 몇 센티미터나 되는 우산을 갖고 다니니까 이렇게 좋지 않냐고.

해경은 만일을 대비해 갖고 다니는 우산이 그렇게까지 클 필요는 없다고 생각했다. 하지만 이야는 큰 우산을 고집했다. 접으면 그렇게 크지도 않고, 늘 메고 다니는 가방에 넣으면 무겁지도 않다고. 그러다 함께 간 영화제에서 기념품으로 파는 해골 손잡이 우산을 보고 몹시 마음에 들어 했다. 한 손에 쏙 들어오는 해골 손잡이가 매력적이야. 해경이 우산을 선물한 후 이야는 직경이 몇 센티미터나 되는 크고 무거운 우산 대신, 해골 우산을 갖고 다녔다.

저 우산을 찾아야겠다. 저 우산이 열쇠가 돼줄지도 모른다. 해경은 얼굴에 열이 오르는 걸 느꼈다. 센소지에서 봤던 오미쿠지를 떠올렸다. 소원은 이루어지고, 병은 낫고, 기다리는 사람은 오고, 잃어버린 것은 찾을 것이다.

하지만 일본어도 못 하고 무엇보다 열쇠가 없는데 저 우산을 어떻게 돌려받을 것인가. 고심 중일 때 누군가의 이름이 불리는 소리가 들렸다. 키무헤쿄오사앙, 키무헤쿄오상. 해경은 분단에서 밥을 먹으며 방법을 강구해보자고 생각했다. 번역기로 할 말을 미리 번역해두면 되겠다!

분단은 일본 대표작가들의 작품에 등장하는 메뉴들을 판매하고 있었다. 이야는 하야시 후미코의 『방랑기』에서 영감을 받은 규동과 아쿠타가와 류노스케의 이름을 딴 커피를 마시고 그걸 찍어 올렸다. 해경은 후미코의 규동과 류노스케 커피를 주문해두고 이야의 인스타그램에 들어갔다. 손에 작은 열쇠를 놓고 찍은 사진을 다시 보면서 그것이 우산꽂이 열쇠였구나, 깨달았다. '日本近代文學館일본근대문학관'이라고 인쇄한 한자와 '33'이라고 손으로 쓴 숫자가 나란히 적힌 흰 종이가 테두리가 노란 플라스틱 열쇠고리에 끼워져 있었다. 어딘가 일본답지 않게 조악하다는 생각이 들었다가, 또 어딘가 일본답게 아기자기하다는 생각이 드는 열쇠고리였다.

밥이 어디로 들어가는지 모르게 먹고서 매표소로 갔다. '며칠 전 친구가 이곳에 우산을 놓고 갔다, 마침 일본에 있는 나에게 우산을 찾아와 달라고 부탁했다, 열쇠를 들고 가버린 것에 대해서는 열쇠값을 지불하겠다 数日前友達がここに傘を置いて行ったが、ちょうど日本にいる私に傘を訪ねてきてくれとお願いした、鍵を持って行ってしまったことについては鍵の値を支払っする.' 번역이 문제인 건지, 부탁 자체가 문제인 건지, 구글 번역기를 보고 난감한 표정을 짓는 매표소 직원에게 우산꽂이 열쇠를 찍은 이야의 게시물을 보여주며, 도모다찌[2], 도모다찌, 했다. 여전히 곤란한 듯 에… 또…를 반복하는 직원에게 이번에는 요로시꾸 오네가이시마스, 아리가또 고자이마스[3]를 반복하면서 요로시꾸와 아리가또에 어울리는 표정을 지어 보이고, 어깨를 움츠리며 머리를 조아렸다.

   수요일 오후 해경은 한 카페에 있었다. 왠지 이야가 좋아했을 것 같다는 확신이 드는 카페였다. 그가 게시물을 올린 장소에는 모두 다녀왔기 때문에 남은 시간 동안 이야가 묵었던 아사쿠사 일대를 다니며 발길 닿는 대로 걷고 눈길 가는 대로 구경하고 먹고 싶은 걸 먹고 사고 싶은 걸 샀다. 어서 한국으로 돌아가고 싶은 마음 때문에 그 외엔 달리 하고 싶은 것도 할 수 있는 것도 없었다. 그러다 밤낮으로 관광객이 북적이는 아사쿠사에서 보기 드물게 한산한 카페를 발견하곤 책이나 읽자는 마음으로 카페에 들어갔다.
   서양인으로 보이는 종업원이 주문을 받으러 왔다. 영어를 준비하고 있었는데 일본어로 물어보는 바람에 '커피 구다사이'라고 말하고는,

---

2 '친구'라는 뜻
3 각각 '잘 부탁드립니다', '고맙습니다'를 의미

'코-히'라고 했더라면 더 좋았을 것이라는 생각을 했다. 가방에서 가와바타 야스나리의 『산소리』를 꺼내 펼쳤다. 웅진지식하우스에서 이천삼 년에 펴낸 판본이었다. 오래전에 사 두고 읽지 않다가 갑자기 여행을 오게 되면서 책장 일본 소설 칸에서 뽑아온 것이었다. 육십 쪽까지 읽을 동안 카페는 크게 드나드는 사람 없이 조용했다. 대부분 혼자 온 손님이었고 다들 조용히 앉아 조용히 뭔가를 했다.

조용한 가운데 해경은 무언가 석연치 않은 기분을 느꼈다. 이 책을 계속 읽어도 될까, 계속 읽어야 할까. 그런 생각을 하면서도 계속 읽었기 때문이었을까. 결국 탁 소리 나게 책을 덮어버렸다. 꽤 큰 소리였지만 굳이 고개를 들어 쳐다보는 사람은 없었다. 덮어버린 육십삼 쪽에 이런 문장들이 쓰여 있었다. "귀와 귀 뒤 머리털이 난 언저리가 드러나 보통때 머리카락에 감춰졌던 창백한 피부에, 털이 예쁘게 가지런히 자라 있었다. / 얇은 모직 감색 스커트를 입고 있었다. 스커트는 낡았다. / 유방이 작은 것도 마음에 걸리지 않는 복장이었다."

미의식이며 예술적 승화며, 미화해놓은 추천사 때문이라도 어떻게든 다 읽은 후 판단해보려고 했지만 더는 읽을 수 없었다. 그냥 덮어버린 것만으로는 부족해서 마치 작가와 필담이라도 나눌 듯이, 같이 일하는 직원의 유방 크기가 대체 너랑 무슨 상관이냐고 쓰고 힘닿는 데까지 느낌표를 찍었다. 몇 해 전 『설국』을 읽으면서도 왠지 모를 짜증이 치솟았던 기억이 되살아났다. 모두가 빼어나다 추어올리고 아름답다고 말하는 작품에서 아름다움은커녕 불쾌와 짜증을 느끼는 경우가 많아지고 있다는 생각이 들었다. 해경은 가슴을 크게 부풀려 숨을 들이쉬고 다시 내쉬었다.

우산을 어떤 식으로 돌려줄지나 생각하자. 회사나 집으로 말없이 쓱

보낼까. 받기만 하고 아무런 연락이 없으면 어쩌지. 쪽지 같은 거라도 함께 보내야 하나. 그렇게 하더라도 이야가 먼저 연락한다는 보장은 없었다. 차라리 줄 게 있다고 하면서 직접 연락해볼까. 회사 앞으로 찾아갈까. 어떤 방법도 자신이 없었다. '참 매력 없다.' 그렇게 말할 것만 같았다. 이야는 매력 있는 걸 좋아했다. 아름다운 것이나 좋은 것을 보면 '매력 있다'라는 말로 칭찬했다. 언젠가 해경이 내 어디가 좋았냐 물었을 때도 매력 있는 사람 같았다고 했다. 뭐가, 물었을 때 그냥 다, 라고 대답했다. 기분이 좋기도 했고, 더 묻지 못했다. 꼬치꼬치 물어보면 매력 없다고 느낄까 봐 그냥 엷게 웃어 보였다. 그 후로 이야가 뭔가를 매력 있다고 칭찬하면 어떤 부분이 매력 있는 걸까를 생각해보곤 했다. 한번은 여행 같은 거 너무 많이 다니는 사람도 별로 매력 없다고 말했다. 그때만큼은 묻지 않을 수 없어서 왜? 하고 되물었다. 그냥, 왠지 그래.

　매력 있게, 아니 적어도 매력 없지는 않게 우산을 돌려줄 방법을 고민하고 있을 때 한국인으로 보이는 여자와 금발 머리 남자, 그리고 남자의 부모로 보이는 중년 남녀가 함께 카페에 들어왔다. 검은 머리카락을 날개뼈 정도 길이로 늘어뜨린 여자는 날씬하고 키가 컸다. 애인으로 보이는 남자보다도 큰 키였다. 매력 있네. 해경이 자기도 모르게 생각해버리는 동안 그들이 카페 가운데에 놓인 사인용 테이블에 마주 앉았다. 영어와 프랑스어, 그리고 웃음, 이 세 가지 언어가 쉬지 않고 테이블 위를 오갔다. 네 사람은 끊임없이 웃었다. 젊은 여자는 프랑스어가 서툴고 남자의 엄마로 보이는 중년 여자는 영어가 서툴렀다. 그래서인지 그들은 더 자주 웃었다. 말할 때는 말하며 웃고 말이 끊어지는 동안에는 그냥 웃었다. 쉬운 단어와 감탄사, 짧고 단순한 문장 들이 오갔다. 각자가 주문한 음료가 나왔을 무렵엔 대화가 더 단순해졌다. 쉬운 단어로 구성된 짧은 문장의 대화는 여차하면 웃어버릴 준비가 된 사람들 사이에서 지뢰처럼 작동했다. 말을 배우기 시작한 아이처럼 별 의미 없는 단어로 말하고, 웃고, 또 말하고, 또 웃었다. 젊은 여자는 한국어나 일본어 혹은 중국어를 말하지 않았기 때문에 끝내 국적은 알아낼 수 없었다.

해경은 이야의 부모를 만났을 때를 떠올렸다. 식탁 위는 도저히 다 먹을 수 없을 만큼의 반찬으로 가득 찼으나 그 위를 오가는 대화는 빈곤했다. 대화가 끊긴 자리는 쇠수저 부딪치는 소리가 채웠다. 술이 몇 잔 들어가자 이야의 부는 자기가 나이는 많아도 그렇게 구식은 아니라고, 요즘 세상에 나이 같은 거 별거냐면서 나이 이야기를 꺼냈다. 옆에서 이야의 모가 그래도 지금보다 한 서너 살은 더 적었으면 싶다고, 아무리 요즘 세상이라도 너무 차이 난다고, 다 들리게 혼잣말을 했다. 이야의 부는 이미 먹은 나이를 뭐 어쩌겠느냐고 호탕하게 받아친 후 대신 살만 좀 빼면 지금보다 몇 년은 더 어려 보일 거라고, 그걸 농담이라고 하면서 또 웃었다. 이야는 뭐라고 대꾸를 하지도 웃지도 않았는데 해경은 어색하게 따라 웃고 말았다. 아무도 웃지 않는 건 견디기 힘드니까 나라도 웃어야 한다는 마음이었다.

이미 혼기를 훌쩍 넘겨 버린 자식에게 같이 사는 사람이 있다는 걸 우연히 알게 됐을 때 이야의 부모는 한껏 들떴다가 결혼 생각은 없다는 말에 노발대발했다. 하지만 해경의 나이를 듣고 나서는 결혼 소리가 쑥 들어갔다. 그 자리는 그러니까, 내 자식과 같이 사는 사람인데 최소한 밥은 한 번 같이 먹어야 하지 않겠냐는 노부모의 고집을 꺾지 못해 이야가 만든 자리였다. 정작 해경은 가끔 뵙고 밥 정도는 같이 먹을 수 있다고 했지만 이야 쪽에서 선을 그었고, 그의 부모를 만난 건 그게 처음이자 마지막이었다. 그날 집으로 돌아오던 이야와 해경의 손에는 이야의 모가 이것만큼은 꼭 가져가야 한다며 들려준 밥솥과 식칼이 있었다. 이야의 모는 그 두 가지를 이사 전에 본인이 직접 넣어두지 못한 걸 식사 자리 내내 아쉬워했다.

집으로 돌아왔을 때 문득, 그래도 할 말은 하는 사람이 좋다고 이야가 말했다. 어른 앞이라고 무조건 참는 것보다는 너무 분위기를 경직시키지 않으면서도 자기 할 말은 하는 사람이 매력 있다고. 이야가 대신 좀 해줬다면 좋았을 거라는 원망은 나중에 찾아왔다. 그런 이야기를 하면 이야는 논제에서 벗어나는 이야기, 그것도 옛날이야기를 자꾸 끄집어내는 건 하지 않는 사람이면 좋겠다고 대꾸했다. 이야가 헤어지자고 말했을 때 해경은 자기의 매력을 떨어뜨렸을지도 모를 일들에 관해 생각하고 또 생각했다.

이제 그만 갈까, 묻는 소리가 들리고 그 네 사람이 카페를 떠날 채비를 했다. 다시 조용해진 카페를 음악 소리가 채웠다. 어느 쪽의 모국어도 아닌 언어로만 이루어지는 대화가 유리한 관계에 대해 생각했다. 그건 정말 유리한 걸까, 사실은 외면할 뿐인 거 아닐까. 더 생각해 봐야겠지만 일단은 유리한 게 맞는 것 같다고 생각하며 커피잔을 들었다. 더 마실 커피도, 더 읽을 글자도 없었다.

해경은 지갑에서 오미쿠지를 꺼냈다. 모르는 단어를 짐작으로만 읽었던 것은 뜻을 다시 찾아보고, 서로 뉘앙스가 다를 수 있으니 일본어로 적힌 부분도 번역기를 써서 제대로 해석해보자는 마음이었다. 구글 번역이 번역해준 결과는 이랬다. "상류층으로서 하층계급과 어울리지 마라. 문화와 싸움은 둘 다 잘 된다. 칼 장수가 벼를 베는 것 같은 행복이 찾아올 것이다. 마음이 올바르고 사람으로서의 미덕을 지킨다면 최고의 재물을 얻을 수 있을 것이다. 너의 소원은 실현될 것이다. 아픈 사람은 회복될 것이다. 잘 돌보는 것은 중요하다. 분실물이 발견될 것이다. 기다리고 있는 사람이 올 것이다. 새 집을 짓고, 제거하고, 고용하는 것은 모두 좋다. 여행을 할 때는 조심해라. 결혼은 매우 좋다."

대길의 운이니까 다 좋은 뜻이겠거니 하며 정확히 이해되는 내용만 기억하고 있었는데 다시 보니 무슨 뜻인지 명확히 와닿지 않는 문장들이 있었다. 그런 문장들은 몇 번을 다시 읽어도 여전히 알 수 없었고 무슨 뜻인지 대충 알 것 같다고 생각했을 때보다 오히려 더 모르겠다는 생각이 들었다.

한가할 시간이 지났는지 이제 혼자가 아닌 사람들이 카페에 들어와 자리를 채우기 시작했다. 더 긴 대화들이 주로 일본어의 형태로 오갔다. 많이 들어서 익숙한, 언어라기보다는 소리에 가까운 말들, 정확히 무슨 의미인지는 알 수 없어도 정황으로 짐작해볼 수 있는 문장들, 그리고 짐작조차 할 수 없는 전혀 모르는 음절들이 뒤섞였다. 해경의 테이블 위에는 덮어버린 『산소리』와 비어버린 커피잔, 엎어놓은 아이폰, 꺼내놓은 메모장, 뚜껑 닫힌 펜이 있었다. 아이폰을 집어 들고 정면 렌즈에 얼굴을 맞춰 스마트폰을 깨웠다. 시계 위 잠겨 있던 열쇠의 아이콘이 열리는 동작을 했다. 이야의 인스타그램 계정에 들어가 봤지만 두 시간이나 기다려 겨우 먹었다던 회전초밥집의 초밥 사진 이후로 며칠째 새로운 게시물이 없었다. 해경은 화면 아래쪽 가운데의 '+' 버튼을 눌러, 그 모든 것이 놓인 테이블 사진을 찍었다. 평소엔 잘 쓰지 않는 긴자Ginza라는 이름의 필터를 사진에 씌우고 "이국의 단어들이 허공으로 사라져버리는 곳. 누구도 완전히 이해할 수 없고 무엇도 완벽하게 표현할 수 없다."라고 쓴 후 파란 글씨의 '공유' 버튼을 눌렀다.

 몇 분 지나지 않아 다양한 계정들이 '내 게시물을 좋아한다'는 알림이 화면에 뜨기 시작했다. 언제 간 거냐고 묻는 댓글과 일본의 핫플레이스를 추천해주는 댓글이 달렸다. 갑자기 아랫배가 살살 아파져 오기 시작했다. 호텔이 멀지 않으니 얼른 호텔로 돌아가야겠다고 생각하며 테이블 위에 있던 물건들을 주섬주섬 가방에 담았다. 하지만 금세 신호의 간격이 짧아지고 강도가 세졌다. 해경은 책과 아이폰을 가방에 마지막으로 쑤셔 넣고 급히 화장실로 갔다. 한 칸짜리 화장실이었다. 문손잡이에 가방을 걸어놓고 세면대 안쪽에 있는 변기에 앉았다. 금세 한시름을 놨지만, 배는 여전히 사르르 아팠다. 스마트폰을 꺼내려고 가방 쪽으로 손을 뻗어봤지만 손이 닿는 거리가 아니었다. 뻗었던 손끝에서 길이 때문에 가방 밖으로 얼굴을 내밀고 있던 해골이 해경을 빤히 보고 있었다. 해경은 변기에서 엉덩이를 들고 한 걸음을 앞으로 걸어 해골 우산을 가방 안으로 밀어 넣었다. 다시 대장이 쪼이는 느낌이 들었고, 많은 것이 요란한 소리를 내며 몸에서 빠져나갔다. 카페에 손님이 많아져서 다행이었다.

-『열두 번째 영향력』(2019.11. 발표)

희자

분명 열두 시쯤 도착한다고 말해뒀는데 희자는 전화를 받지 않았다. 희자 집은 삼 층. 때는 밤 열두 시. 불러서 깨울 정도로 목청에 자신 있는 것도 아니었지만 불러서 깨운다면 깨는 건 희자만이 아닐 거였다. 희자는 하필 오른쪽 옆 건물이 모텔, 왼쪽 옆옆 건물도 모텔, 맞은편에도 모텔, 삼면이 바다, 도 아니고 삼면이 모텔에 둘러싸인 오래된 주택에 오래 살았다. 밤 열두 시에 캐리어 끌고 모텔 즐비한 골목에 서 있자니 슬슬 화가 났다. 두 번째는 받겠지, 세 번째는 받겠지 할 때만 해도 괜찮았는데 설마 네 번째도 안 받진 않겠지 할 땐 이미 전화를 받을 가능성보다 받지 않을 가능성이 크다는 걸 직감했고, 화가 났다.

세게 누른다고 전화벨이 더 크게 울리는 것도 아닌데 화를 삭일 길이 없어 전화기를 움켜쥔 손아귀에 힘을 주고 신경질적으로 잠금을 해제했다. 전화 아이콘도 세게, 희자 이름도 세게, 터치라는 말이 무색할 만큼 손가락 끝에 힘을 잔뜩 주고는 시비 걸듯 탁! 탁! 쳐서 다시 전화를 걸었다. 안 받는다 이거지? 그렇다면 더 세게 수화기 모양 아이콘을 탁, 희자 이름을 탁, 받을 때까지 하겠다는 마음으로 탁! 탁! 소리가 날 정도로 터치 터치하다 문득, 너무 연달아 진동 소리가 들리면 결국 그 소리와 리듬에 적응해 더 못 듣고 오히려 완전한 숙면에 빠져버리는 건 아닐까 걱정됐다. 희자 전화기는 워낙 낡아 드르륵드르륵,도 아니고 드르르드르르 약하게 울릴 텐데, 그 정도의 진동 소리야말로 집중 잘 되고 잠 잘 온다는 바로 그 백색소음류일 것 같았다.

마침 희자 집 앞에 작은 다마스 한 대가 주차돼 있었다. 대문과 다마스 사이에 몸을 숨긴 채 희자가 사는 집을 삼각편대로 에워싸고 제각각 번쩍거리는 모텔 불빛을 멍하니 바라봤다. 그중 하나는 희자의 방에서 잘 때 반투명유리창을 넘어 들어오는 빛이고, 또 하나는 희자의 욕실에서 씻거나 볼일 볼 때 음흉하게 반투명유리창을 넘어 들어오는 빛이었다. 아무리 야심한 밤에도 희자가 사는 곳은 어두워질 줄 모르고 늘 환했다. 그 빛이 희지 않고 붉어서 희자의 방은 트윈픽스에서 봤던 빨간 방을 연상시켰다. 빛을 막아보려 쳐둔 커튼 때문에 더 그랬다. 벌건 빛이 밤새도록 번쩍이며 창문을 타고 들어왔으니 어둡다고는 할 수 없었지만 사실 환하다는 말도 어울리지 않는 곳이었다. 그냥 좀 그랬다. 그냥 좀 그래. 이런 말로밖에는 설명할 수 없는 그냥 좀 그런 것들이 있지 않나. 모텔에 둘러싸인 집에 사는 게 희자 잘못은 아니지만 그 집에 누우면 그냥 좀 그랬다. 뭔가 잘못된 장소에 있는 기분이 들었다.

　무엇보다 벌건 빛이 이렇게 밤새 들어오는데 잠을 잘 수가 있나 싶었다. 하지만 막상 희자 집에서 잘 때마다 그 어디에서보다 고품질 숙면을 취하게 된다는 점이 나도 의아했다. 그건 희자도 마찬가지였다. 벌건 빛이 밤새 들어오는 데서도 잘 자니까 불면증 같은 거 걸릴 일은 없겠다 했는데 희자는 일 년 넘게 불면증에 시달리는 중이었다.

　불면증이라며! 그러고 보니 불면증 때문에 약까지 먹는다는 희자는 어째서 이렇게 깊이 잠들어버린 걸까. 분명 열두 시쯤 도착한다고 했는데. 다시 전화했다. 이제 곧 자동안내 음성이 들리겠구나 싶을 때쯤 희자가 전화를 받았다.

　"불면증이라며!"

　"불면증이었지."

　"불면증 맞아?"

　"다 나았나 봐."

　희자가 냉장고에서 찬물을 꺼내 컵에 따라줬다. 일단 벌컥벌컥 들이켰다. 희자가 끓인 보리차 맛이 정말 기가 막혔는데 그건 말간 생수였다. 희자의 보리차에서는 다른 사람이 끓인 보리차에서는 나지 않는 맛이 났다. 그냥 시장에서 산 거라는 희자에게서 굳이 보리까지 얻어 가 직접 끓여봤지만 그 맛은 안 났다. 보리가 달라 그런 것도 아닌데 끓이는 시간 문젠가, 온도 문젠가, 그것도 아니면 끓이는 사람 문젠가. 암튼 이젠 보리차마저 없고, 분명히 열두 시쯤 도착한다고 했는데!

　"불면증이라더니 순 거짓말."

　"가스 덕에 불면증 싹 가셨어."

　"가스? 무슨 가스?"

희자는 오랫동안 노래방에서 일했다. 남들 퇴근할 시간에 출근해 마이크며 탬버린 정리하고, 재떨이 비우고, 노래방 청소하고, 해봐야 별 소용 없는 환기 하고, 손님 오면 과일이나 골뱅이무침 같은 간단한 안주를 해주는 일이었다. 평일에는 새벽 두 시에도 퇴근하고 손님 없으면 열두 시에도 퇴근했는데 주말에는 진 해가 다시 뜰 때까지 일할 때도 많았다. 그걸 십 년 넘게 하다 보니 일단 몸이 굉장히 불었다. 그전까지 살찌는 걸 모르고 살다 급격하게 살이 쪘고 그전까지 병원이라고는 모르고 살다 이래저래 응급실 신세 지는 일이 심심찮게 생겼다. 그 끝에 얻은 것이 아무리 피곤해도 깊고 길게 잠들지 못하는 불면증이었다.

주변에선 다들 낮에 하는 일을 하라, 잠깐씩이라도 운동하라 했지만 희자라고 그걸 몰라서 안 하는 게 아니었다. 십 년 넘게 해 온 일 말고 다른 일 뭘 할 수 있을지 상상조차 하질 못했다. 일 마치고 집에 돌아와 어중간한 시간에 자기 시작하면 운동은커녕 출근 전에 잠깐 밖에 나갔다 오는 것도 귀찮아져서 온종일 야쿠르트 한두 개 먹고 다시 어두운 지하 노래방으로 들어가는 날이 많았다.

"어느 날은 노래방 계단 내려가는데 갑자기 머리가 팽 돌아서 까딱했으면 구를 뻔한 거야. 이러다 죽는 것도 한순간이겠다 싶대?"

"오래 살아서 뭐 하냐고 맨날 그러더니?"

"그거야 일찍 안 죽을 것 같으니까 하는 말이고. 막상 겁나더라."

"그래서?"

"그래서 나 노래방 때려쳤어."

"정말? 그렇게 관두래도 말 안 듣더니."

"요새 가스 검침 다녀."

"가스 검침? 가스 검침 나왔습니다, 그 가스 검침?"

"두 달 됐나."

"며칠 전에 우리 집 문 앞에도 뭐 붙여놓고 갔던데."

"점검 시즌이거든."

"안 힘들어?"

"힘들어. 오죽하면 불면증을 고쳤겠니."

"어쨌든 잘했네. 낮에 일하고 밤에 자는 게 건강에 좋지."

"응, 뭐."

"엄마한텐 나 여기 온 거 비밀인 거 알지."

"어. 근데 넌 똑똑한 척은 혼자 다 하더니……."

"말 안 해도 아니까 하지 마."

"언제까지 있을 건데."

"한 일주일이면 해결될 것 같아."

"일주일이고 한 달이고 여기 있는 건 있는 건데…… 괜찮은 거지?"

"피곤하다, 자자."

눈을 감아도 감은 눈 속에서 붉은 커튼이 보였다. 희자 집 앞 모텔 불빛은 불투명유리창도 통과하고, 얇은 커튼도 통과하고, 심지어 눈꺼풀도 통과했다. 희자의 불면증은 단순히 잠지 못하는 증상이 아니었을 것이다. 누구도 믿어주지 않을 것 같아 말하지 않았을 뿐 언젠가부터 매일 밤 그 빨간 방에 다녀온 것일지도 모른다. 별로 행복해 보이지 않지만 그렇다고 불행을 내어놓고 전시하지도 않는 달관한 듯한 희자 태도만 봐도 충분히 의심스러웠다.

다시 눈을 떴을 땐 오후 두 시가 지나 있었다. 희자는 없었다. 배가 고팠다. 냉장고를 열어보니 안에 있는 거라고는 커다란 생수병 네 개와 야쿠르트, 떠먹는 요플레 잔뜩이 전부였다. 야쿠르트랑 요플레만 먹고 사는 건가.

잠들기 전에 희자가 그랬다. 너무 잘해주면 부담스러워서 오래 있기 미안할까 봐 부산 떨지 않겠다, 있는 건 마음껏 쓰되 없는 건 알아서 조달해라, 참고로 가스는 끊긴 지 오래다, 노래방에서 일할 때 매번 거기서 밥해 먹다 보니 집에서 가스 쓸 일이 없었다, 뭘 교체해야 한다는데 딱히 필요하지 않아 그냥 안 쓰고 있다.

"가스 검침원이 정작 가스를 안 써?"

"사는 데 전혀 지장 없더라. 얼마나 좋아. 나 같은 검침원 찾아와 귀찮게 할 일도 없고."

며칠이지만 신세 지는 입장인지라, 퇴근해 돌아올 희자를 위해 밥이라도 해놔야 하는 거 아닌가 했는데 부담이 없어져서 나도 편했다. 나는 떠먹는 요플레를 두 개 떠먹고 딱히 할 일도 없어 다시 누웠다.

희자 집엔 텔레비전도 없었다. 있었지만 고장 났고 가스와 비슷한 이유로, 노래방 가면 거기서 텔레비전을 실컷 본다는 이유로, 고치지 않은 채 뒀다. 있지만 없었다. 가스레인지가 있었지만 가스가 없었고, 텔레비전이 있었지만 전파가 없었다.

전날 씻으며 보니 보디클렌저도 없었고 스킨도 다 쓴 빈 병뿐이었다. 작년까지만 해도 희자는 갈 때마다 비누며 치약을 다 새것으로 꺼내뒀다. 쓰던 비누, 쓰던 치약 뻔히 놔두고 자꾸 새것 뜯지 말라고 하면, 꺼내놓으면 어차피 다 쓸 건데 뭐. 젊은 애들 원래 늙은이들 쓰던 거 쓰기 싫어하잖아? 했다.

이모가 어디가 늙은이야, 라고 말하기는 했지만 희자도 몇 년 전에 환갑 지났으니 젊은이는 확실히 아니었다. 희자는, 그러니까 큰이모는 엄마의 큰언니였다. 희자라고 부르는 게 버릇없어 보이겠지만 그건 전적으로 희자의 뜻이었다.

바로 그 집에서, 밤이면 모텔이 거기 있음을 알리는 강력한 조명이 온 방 안으로 쏟아져 들어오는 그 집에서 외할머니는 아기처럼 똥도 아무 데서나 싸고 희자 몰래 숨어서 담배도 피우고 하다가 죽었다. 바로 그 집에서, 희자는 혼자가 됐다. 자신의 이름을 가장 먼저 불러줬을 사람이 세상에서 사라진 후 그 집에 다시 돌아갔을 때 희자가 그랬다. 앞으로 자기를 '큰이모'나 '이모'라 부르지 말고 이름을 불러달라고.

"외국에서는 그런다며? 이모, 삼촌, 안 그러고 그냥 이름 부른다며?"

"그래도 여긴 외국이 아닌데 어떻게 이모 이름을 그냥 불러?"

"난 뭐 날 때부터 이모였겠니. 너 어렸을 땐 네 엄마 따라 나더러 '언니, 언니' 그랬어. 부르다 보면 익숙해질 거야."

"암튼 별나. 이십 년 가까이 이모라고 부르던 사람을 다르게 부르는 게 얼마나 많은 에너지와 노오력을 요하는 일인지 알지?"

실제로 노오력 해봤지만 희자야, 라는 말이 도무지 입 밖으로 나와주지 않았다. 할머니처럼 자야, 라고 할 수도 없었다. 처음엔 이도 저도 다 어색해서 희자 씨 하고 불러보기도 했는데 희자 씨는 왠지 더 버르장머리 없게 느껴져 언젠가부터 정말 이름만 불렀다. 동호회 같은 데서 별명 부르듯 희자, 희자, 부르다 보니 어느새 그렇게 부르는 게 입에 붙었다. 그게 이름이건 별명이건 '희자'라는 말이 가진 소리는 변하지 않는데, 이름이라 생각하면 입이 떨어지지 않고 별명이라 생각하면 불러진다는 게 이상했다.
 아무것도 없는, 아니 있을 건 다 있지만 온통 비어버린 것들로 가득한 집에 누워 희자를 기다렸다. 성인이 되는 것은 곧 혼자가 되는 것이라는 누군가의 격언대로라면 희자야말로 성인 중의 성인이었다. 물리적으로 혼자인 것은 물론이고 희자가 혼자 보내는 시간 속에도 타자는 없는 것 같았다. 텔레비전도 보지 않고 책도 읽지 않고 먹을 것을 조리하지도 않는다. 스마트폰도 쓰지 않고 라디오도 듣지 않는다. 한때는 새 비누와 새 치약과 화려하게 차린 상으로 한껏 손님 대접해주던 조카가 며칠씩 지내러 와도 이제 더는 희자 자신만의 공간과 리듬이 달라지거나 흐트러지지 않는다. 희자는 완전한 혼자로 살고 있었다. 아빠가 하루만 집을 비워도 인생의 공허함을 논하는 엄마와 희자는 한배에서 나왔지만 이제 완전히 다른 물 위에 있었다. 나 또한 혼자는, 견뎌내야 하는 상태라 생각했다. 견디고 견딘 끝에 혼자가 아닌 둘이 되고, 셋이 되어야 하는 거라 생각했다. 어쩔 수 없이 다시 혼자가 된다면 혼자인 자신을 또다시 극복해내어 둘이든 셋이든 돼야 하는 거라 생각했는데 희자는, 날 때부터 혼자였던 사람처럼 너무도 노련한 혼자가 되어 있었다.
 모르는 사람이 사는 집의 문을 두드리는 희자를 떠올려 보았다. 그 앞에서 전화 거는 희자를 떠올렸다. 낯선 사람 집에 실례하겠습니다 하고 조심스럽게 들어가 가스레인지를 살피는 희자를 떠올렸다. 우편함에 가스요금 고지서를 꽂는 희자를 떠올렸다. 그렇게 네 가지 정도 떠올리고 나니 더는 떠올릴 게 없었다. 고지서도 검침원이 꽂는 건가? 그마저도 확실하지 않아 더는 상상할 수 있는 게 없었다.
 여덟 시가 훨씬 지나 희자가 돌아왔다. 등산 다녀온 사람 같았다. 커다란 등산 가방에 명도와 채도만 조금씩 다를 뿐 같은 색이라 봐도 무방할 붉은색 계열 색들이 뒤섞인 상의와 보기만 해도 바스락 소리가 들릴 것 같은 벽돌색 바지 차림이었다.
"등산화는 안 신었네?"
"등산화는 신고 벗기가 힘들거든."
대체 뭐가 들었나 궁금해 등산 가방을 열어보니 약간의 고지서와 - 검침원이 돌리는 게 맞구나…… - 우체국 택배기사들이 들고 다니며 사인받는 거랑 비슷한 기계, 그리고 망치가 들어있었다.
망치……?
망치는 장애물 처리용이라고 했다. 평소에도 거침없는 대장부 스타일이기는 했지만 아무리 그래도 가스 검침 하면서 망치로 장애물을 처리한다니.
"왠지 공포스럽다?"
"쫄았냐?"
희자가 웃으며 상의를 벗었다. 상의 안에는 예상과 달리 하얀색 얇은 러닝셔츠가 또 있었는데 땀에 완전히 절어있었다. 등산복 자체가 땀을 흡수해주는 기능성 의류인데 그 속에 난닝구는 왜 또 입고 있느냐 핀잔을 주니 희자는 기능성이 아무리 좋아도 땀 흡수는 면이 최고라는 말을 남기고 곧장 욕실로 들어갔다.
저녁은 희자의 단골 백반집에서 먹었다. 집에 들어오자마자 희자는 완전히 곯아떨어졌다. 부쩍 살이 쪄서 그런 건지, 너무 피곤해서 그런 건지 코를 심하게 골았다. 일 년 넘게 불면증으로 고생했던 사람이라고는 도무지 생각할 수 없었다. 나는 낮에 너무 많이 자기도 했고, 희자의 코 고는 소리가 너무 요란하기도 했고, 커튼 넘어 들어온 벌건 빛이 거슬리기도 해서 두 번째 날엔 쉽게 잠을 이루지 못했다.

알람이 족히 일 분은 넘게 울렸지만 희자는 꿈쩍도 하지 않았다. 흔들어 깨워도 마찬가지였다. 출퇴근 시간이 엄격하게 정해져 있는 건 아닌 것 같아 좀 깨우다 말았다. 알람은 십 분 후 다시 울었다. 희자가 한쪽 눈만 슬쩍 떠 알람을 꺼버렸다. 십 분 후 세 번째 알람이 울렸을 때야 드디어 일어나 앉기에 드디어 일어났구나 했지만 그렇게 앉아 꼼짝도 하지 않았다. 조는 사람처럼 몸이 흔들리지도 않았지만 그렇다고 깨어있는 사람 같지도 않았다. 말 그대로 목석처럼 미동 없이 앉아있다가 네 번째 알람이 울리자 그제야 벌떡 일어섰다. 그건 엄마랑 똑같았다.

희자가 씻고 나와 다시 등산복을 입기까지 십 분이 채 걸리지 않았다. 세 번째 알람에라도 일어났더라면 머리는 좀 더 말리고 나갈 수 있었을 거다. 두 번째 알람에 일어났더라면 요플레라도 하나 먹고 나갔을 것이고. 희자는 눈뜬 지 십오 분 만에 번개처럼 출근 준비를 끝냈다.

"넌 왜?"

따라나서려니까 희자가 물었다.

"같이 가. 어차피 이 집엔 뭐 할 게 없어요."

"너 같은 애송이는 삼십 분만 따라다니면 못한다고 울고불고 할 걸. 잠이나 더 자."

말은 그렇게 했지만 희자는 그다지 적극적으로 거부하지도 않았다.

지하철 사십 분, 마을버스 십 분을 타고 집에서 출발한 지 한 시간 만에 희자의 구역에 도착했다. 오르막길로 악명 높은 방천동이 희자

구역이었다. 경력도 없는 희자가 쉽게 일을 구할 수 있었던 것과 무관하지 않아 보였다.

희자는 아래쪽에 있는 세대부터 시작했다. 가방에 남은 고지서가 몇 없어서 그것만 처리하면 되는 건가 했는데, 아니었다. 그건 지난 가스 요금을 아직 내지 않은 몇몇 집에 넣어둘 독촉고지서였고, 그날 진짜 할 일은 집마다 가스계량기를 확인해 검침한 숫자를 기록하는 거였다. 고지서는 그 기록을 가지고 작성된다고 했다.

희자는 내가 사람 꼴을 제대로 갖추기도 전에 내 존재를 이미 알고 있었다는 이유로 수십 년 동안 참 한결같이 나를 애 취급했다. 그날도 '애송이'라 지칭하며 '삼십 분이면 울고불고 할 것'이라 자신 있게 예견했는데, 실제로는 삼십 분도 되기 전에 거의 울고 있었다. 아닌 척 해보려 해도 땀으로 범벅이 된 얼굴과 거칠게 내뱉는 날숨소리는 감출 수 없었다. 희자보다 젊은 데다 운동도 꾸준히 해왔기에, 힘들어할 희자 앞에서 보란 듯 활약하며 잘난 척하려는 저의도 있었는데 언감생심 꿈도 꿀 수 없었다. 뭐라도 적당한 핑곗거리가 필요했던 나는 희자의 동선을 지적했다. 이렇게 오르막길이 많은 동네에서는 밑에서부터 시작할 게 아니라 위에서 시작했어야 훨씬 더 수월했을 거라고, 아직 기운 팔팔할 때 가능하면 마을버스가 가는 제일 높은 곳까지 올라간 다음 내려오면서 일을 처리하는 게 힘을 아끼기에 좋지 않겠느냐고 똑똑한 척을 했다. 희자는 어차피 절반 정도는 한 번에 못 끝내고 다시 가야 하기 때문에 밑에서 시작해 올라갔다가 내려올 때 재방문하는 편이 훨씬 효율적이라 했다. 높은 데서 허탕 치고 다시 올라가면 그게 몇 배로 더 힘들다는 것이다.

"오, 희자 머리 좀 쓰는데."

머쓱해서 재수 없게 굴었더니 희자가 대꾸했다.

"이런 건 머리를 쓰고 말고 할 것도 없이 해보면 그냥 아는 거야. 힘드니까 자꾸 말 시키지 말래."

계량기는 모든 곳에 있었고 있어야 할 곳에 없었다. 절반 정도는 건물 외벽에 있었지만 어떤 건 비밀번호가 걸린 현관 안에 있었고 어떤 건 아주 좁은 담장 사이를 돌아 들어가야 있었고 어떤 건 비탈길에 있었고 어떤 건 담쟁이넝쿨 같은 거로 뒤덮여 있었고 어떤 건 있었지만 바깥쪽에 녹이 슬어 보이지 않았다.

희자는 건물 비밀번호 정도는 능숙하게 알아냈다. 일 시킬 때 건물 비밀번호도 다 알려주나보다 했는데 검침원들끼리 전해져오는 나름의 노하우가 있었다. 칠십 퍼센트 정도는 번지수랑 같고 나머지 이십 퍼센트 정도는 영영영영이나 일이삼사 같이 누구나 예상할 수 있는 번호를 쓰는데, 다 눌러 봐도 안 될 땐 건물 모서리 같은 데를 잘 보면 조그맣게 숫자가 쓰여 있다는 것이다. 뭐 그것도 없으면 그냥 전화.

"그 숫자는 누가 써놓는 건데?"

"중국집 배달원. 마치 스파이처럼 다른 요원들에게 비밀번호를 은밀하게 전달하는 거지."

희자가 마치 스파이처럼 눈을 가늘게 뜨고 속삭였다.

"비번을 거기다 써 놓으면 위험한 거 아냐? 그럴 거면 비번이 왜 있어?"

"내가 써 놓는 거 아니거든? 그리고 그거 찾아보는 사람이 누가 있겠니. 우리 같은 사람들이나 배달원들 아니면 나쁜 놈들인데, 나쁜 놈들이 나쁜 마음먹으면 비번 모른다고 못 들어가니?"

원래도 그랬지만 그날따라 유독 어떤 말을 해도 본전 회수가 힘들었다. 그나마 희자가 통과하지 못할 정도로 좁은 곳에 대신 들어가 계량기 사진을 찍어 나올 때 정도가 아주 약간 자존감을 회복할 수 있는 기회였다.

계량기가 집 안에 있는 경우도 적지 않았는데 그럴 때는 희자 혼자 들어갔다. 원래 검침원은 혼자 다니는데 너 같이 애도 어른도 아닌 애매한 애 달고 들어가면 이상하게 생각하지 않겠냐는 거였다. 가뜩이나 집에 들어가자마자 빨리 나갔으면 하는 표정으로 쳐다보는데 남의 집 안까지 들어가는 건 자기 하나로 족하다는 것이었다.

"맞아…… 사실…… 나도 그랬던 것 같아."

숨이 딸려 무슨 대단한 고백이나 하듯 힘겹게 말하는 걸 듣고 희자가 코웃음 쳤다.

"안 봐도 비디오. 대낮까지 퍼 자다 일어나선 세상 불만 다 짊어진 얼굴을 하고 언제 끝나나 하는 표정으로 뚱하게 있겠지. 너 알지? 원래도 좀 뭐랄까, 가만히 있으면 무서운 상인데 자다 깨면 더 못 봐주는 거."

항변을 하든, 더한 말로 갚아주든, 뭐라도 대꾸하고 싶었지만 그땐 벌써 동네를 세 시간이나 돌고 난 후라 나는 완전히 전의를 상실하고 말았다. 하는 일이라고는 쫄래쫄래 따라다니며 숫자 확인하고, 집에 사람 없을 때 희자가 건 전화마저 안 받으면 조금이나마 더 빠른 속도로 희자 대신 문자메시지나 보내준 게 전부였지만, 오르막길을 오르며 집마다 서로 다른 위치에 있는 계량기를 찾아내는 일 자체가 고역이었다.

"여기 어딘가에 찾고 있는 뭔가가 있다는 건 알지만 그게 정확히 어딘지는 모르는 도둑놈들 심정이 이럴까."

"헛소리하지 말고 밥이나 먹어. 빨리 먹고 빨리 돌아야 빨리 가지."

조금이라도 더 쉬고 싶어 수작을 부려봤지만 역시 수작은 수작이어서 쉽게 들통났다. 그보다는 좀 더 진지하고 심오하면서도 존재론적 고민을 안겨주는 화제나 질문이 필요했다.

"희자. 이 일 하면서 제일 힘든 게 뭐야?"

"제일 힘들고 제이 힘들고가 뭐 있어. 그냥 다 죽도록 힘들지."

"에이 그래도, 요만큼이라도 더 힘든 게 있을 거 아냐."

"뭐 굳이 꼽으라시면, 남의 집 들어가는 게 제일 싫어. 요즘같이 더울 때는 남자 혼자 팬티 바람으로 있을 때도 많거든."

"정말? 문 열어주기 전에 뭐라도 좀 걸치지 않고 속옷 차림으로 그냥 문 열어준다고?"

"그러니까. 꼴 보기 싫다고 그냥 나와버릴 수도 없고. 다시 가기 싫어서 그냥 얼른 하고 나오는데 암튼 꼴 보기 싫어. 아무리 자기 집이라도 우리는 사람으로 안 뵈는 거지."

"그럼 혹시…… 변태 같은 새끼들은 없어?"

"있다고 들었는데 난 아직 그런 건 못 봤어."

"햐 역시, 뭔가 주변에 흐르는 에네르기랄까 그런 게 세서 변태들도 근처에 함부로 못 오나 봐."

희자는 대꾸할 가치도 없다는 듯 남은 밥을 콩나물국에 말았다.

"근데…… 만약에…… 변태 만나면 어떻게 할지 생각은 해놨어? 안 만나면 좋겠지만 그래도 어느 정도 시뮬레이션을 해놔야 그럴 때 대처를 할 거 아냐."

"그런 거 뭐하러 미리 생각하니. 밥이나 마저 먹어. 벌써 한 시야."

"만약에 변태 만나면 일단 거기를 있는 힘껏 차버려. 희자는 잘 모르겠지만 말이야, 그 고통 정말 말로는 못 하거든. 아, 오늘같이 나 있을 때 미친놈을 만나야 내가 한 방에 처리해줄 텐데."

그런 식으로 시간을 끌어봤지만 남기는 밥 한 톨 없이 싹싹 긁어먹고 나오기까지 이십 분도 걸리지 않았다. 식당을 나서며 희자는 먼저 집으로 가 쉬라고 했다. 물론 그러고 싶은 마음이야 굴뚝 같았지만, 옆에 있어 봐야 크게 도움도 안 되는 것 같았지만, 차마 희자만 두고 혼자 돌아가는 일 같은 건 할 수가 없었다. 장애를 만나면 사랑이 커지듯 마지막 에너지를 폭발시켜줄 만한 특이한 사건이라도 일어나길 내심 기대했지만 그저 몸이 축나고 힘들 뿐 사건이랄 만한 일 하나 없이 어느새 저녁이 됐다.

"희자, 나 결심했어."

"뭘?"

"이제 가스 검침 쪽지 보면 꼭 내가 먼저 전화할 거야. 검침하는 분들 오면 그분들이 다 희자라 생각하고 시원한 물 한 잔은 꼭 대접할게, 내가."

"뭐 대단한 결심 했나 했다. 밤늦게 아무 때나 전화하지나 말어."

희자는 눈물 같은 건 놀림감이 되고 마는 예능프로그램 진행자처럼 칼같이 분위기를 정리했다. 언젠가부터 희자는 정말 예능프로 진행자처럼 오로지 농담만을, 우스갯소리만을 받았다. 이런저런 상황에 관해 먼저 질문할 뿐, 자신을 향한 질문은 받지 않았다. 자칫 감상에 빠지거나 누구 하나 눈물을 흘릴지 모르는 상황이 예견될 땐 실없는 소리나 딴소리로 분위기를 바꿨다.

"희자! 우리 갈 땐 택시 탈까?"

"지금 차가 얼마나 막히는 시간인데 택시야."

"나 꿍쳐둔 돈이 꽤 있어, 몰랐지?"

희자가 가소롭다는 듯이 눈을 흘겼다.

"고거 겨우 하루 하고 힘들어 죽겠지? 그래 뭐, 타자, 택시!"

"희자, 이건 확실히 내가 낼 거니까 내릴 때 창피하게 응? 그러지 말자, 우리?"

희자는 걱정을 말라 했다. 다 기억도 못 하겠지만 나 어렸을 때 해준 게 하도 많아 택시 한번 얻어 타는 거로는 부족하다 했다. 다 큰 조카 돈 좀 써보자 했다.

택시기사는 지름길을 통해 방천동 골목을 쉽게 빠져나왔지만 대로로 나오니 차가 막히기 시작했다. 찔끔찔끔 움직이는 택시에서 희자는 졸고 있었다. 나는 별로 움직이지도 않았는데 숫자가 무섭게 올라가는 미터기에서 눈을 뗄 수가 없었다. 희자가 여전히 눈을 감은 채 팔꿈치로 슬쩍 쳤다.

"이 시간에 집까지 가려면 한참 걸려. 너도 눈이나 붙여."

"어어."

쌩쌩 달려주면 드라이브 기분이라도 내 볼 텐데 택시는 가다 서다만 반복했다. 에어컨이 켜져 있는 것 같긴 했지만 허벅지가 택시 시트에 들러붙었다. 강바람이 궁금해 창문을 슬쩍 내렸다. 소음과 더운 바람이 택시 안으로 훅 끼쳤다. 에어컨이 돌아가고 있긴 한 모양이었다. 택시기사가 말없이 창문을 올렸고 미터기도 말없이 올라가는 중이었다. 희자는 이미 아주 깊은 잠에 든 것 같았다. 그럼에도 불구하고 미터기를 쳐다보면 왠지 들킬 것 같았다. 곁눈질로 야속한 숫자들을 바라보고 있는 시간이 매우 더디게 흘렀다. 결국 만오천 원이 넘어가고 나서야 에라 모르겠다 하는 마음이 되어 나도 머리를 기댔다. 땀이 덜 마른 등이 시트에 들러붙는 게 느껴졌다. 스르륵, 잠이 왔다.
  얼마나 갔을까. 갑자기 크으으응! 하고, 천둥 같은 소리가 났다. 자기 소리에 자기가 더 놀라 잠깐 멈칫했던 희자가 이내 다시 그르렁 소리를 내며 자던 잠을 이어 갔다. 백미러로 눈이 마주친 택시기사의 얼굴엔 표정이 없었다.
  "불면증이라더니······."
  괜히 희자를 흘겨봤지만 희자가 그걸 알 리 없었다.
  미터기 숫자는 이제 이만을 넘어가고 있었다.

-『여섯 번째 영향력』(2017.07. 발표)

눈썹을 만지는 오후

 어느 여름 일요일 오후 낮잠에서 깼을 때 차훈의 얼굴에 풀이 돋아나 있었다. 풀은 오로지 초록이라고 생각한다면 이 문장의 현실을 받아들이는 데 시간이 걸릴 것이다. 차훈도 그랬다. 차훈의 얼굴 위에 난 풀은 짙은 갈색이었으니까. 그렇다고 우리가 아는 대로 그냥 머리카락이라거나 털이라고 간단히 불러버릴 수는 없는, 풀이라고밖에는 부를 말이 없는 그런 것이었다.
 풀을 먼저 발견한 건 오후였다. 잠에서 막 깼을 때 눈 위쪽이 무겁고 축축한 느낌이 들긴 했지만 잠에서 막 깰 때는 으레 그랬기 때문에 그냥 그런가 보다 했다. 얼굴을 맞대고 잠들었던 오후가 눈을 뜨고, 또렷한 시야 속에 차훈의 얼굴을 넣기 전까진 그랬다.

오후가 말했다. 너 얼굴이 왜 그래.

차훈이 눈을 비비며 대답했다. 내 얼굴이 왜.

그때 차훈은 손등으로 드리우는 그늘과 간지럼을 느꼈다. 이게 뭐지. 곧장 욕실로 달려가 거울을 보면서도 차훈은 자기 눈을 의심하고 또 거울을 의심했다. 눈썹 사이사이로 풀이 돋아나 있었다. 할아버지가 아침에 눈 뜨면 가장 먼저 살피러 가던 화단의 풀잎, 대학교 주점에서 장난삼아 파전에 섞어 넣으려고 뜯었던 풀잎, 그런 풀잎 같은 모양과 감촉을 가진 잎들이 눈썹 사이로 일 센티미터쯤, 그보다 조금 더 길기도 한 것 같은 길이로 자라나 있었다.

뽑아 봐. 일어난 자리에서 상체만 일으켜 욕실 쪽으로 돌린 오후가 말했다.

거울로 한참을 들여다보면서도 그게 뽑아야 하는 거라는 생각은 하지 못하고 하염없이 바라만 보았던 차훈은 그제야 손톱으로 풀잎 하나를 잡고 조심스럽게 당겨보았다.

안 뽑혀? 살갗이 볼록해질 뿐 뽑힐 것 같지 않았다.

아파? 같은 자리에서 같은 자세로 오후가 다시 물었다.

아프진 않은데… 안 뽑혀.

뽑기 위해 처음 만져본 풀은 생각보다 훨씬 더 보드라웠다. 보드라운 건 일단 손에 닿으면 쓰다듬게 되니까 자기도 모르게 쓰다듬으며 차훈이 말했다.

근데… 되게 보드랍다…. 만져볼래?

오후는 여전히 이불에 몸을 반쯤 묻은 채 꼼짝도 하지 않고 차훈을 바라볼 뿐이었다.

못 만지겠어. 무서워.

그때도 차훈은 눈썹을 만지고 있었다. 오후의 시선도 못 느끼고 대답도 듣지 못한 채. 너무 보드라워서 손을 뗄 수 없었다. 그렇게 계속 만지고 있으니 평소엔 수돗물이 닿기 전엔 떨어져 나갈 생각을 않던 잠기운과, 또 하루가 시작되고 말았다는 불쾌함이 절로 달아났다. 기분 좋아졌다.

그런데 그것도 잠시, 당장 내일 출근이 걱정이었다. 이대로 출근할 순 없다는 생각에 다시 한번 당겨보았지만 그러다간 눈썹 주변 살 전체가 떨어져 나갈 것 같았다. 오후에게 부탁해 짧게 자르는 수밖에 없었다. 무섭다던 오후는 하는 수 없이 코털을 정리할 때 쓰던 쪽가위로 코털보다도 더욱더 두껍고 질긴 눈썹, 이라고 해야 할지 풀이라고 해야 할지 모를 그것을 손대지 않고 조금씩 잘라냈다. 하지만 보통 눈썹보다 현저히 표면적이 넓었기 때문에 길이가 짧아졌다 한들 압도적인 존재감까지 완전히 잘라내진 못했다.

다음날 차훈은 회사에 병가를 냈다. 어디가 아프다고 해야 할까, 아픈 건 아니지만 몸이 평소와 다른 건 분명하니 그저 몸이 안 좋다 정도로 말해두면 될까. 오후가 아이디어를 냈다. 자고 일어나니 얼굴이 완전히 뒤집어져서 회사에 나가기 힘들다고 했다. 피부가 뒤집어지면 미관상 보기 좋지 않아도 일하는 데는 지장 없었겠지만 사람들은 무리 없이 양해했다. 미관의 손상은 곧 사회생활이 어려운 상태라고 어렵지 않게 받아들여졌다.

얼굴이 뒤집어졌다고 하니 개중 가깝게 지내는 동료가 따로 메시지를 보냈다. 뭘 먹고 그런 거냐고 걱정하며 물었다. 그러게, 왜 이렇게 된 거지. 정말 뭔가 잘못 먹어서 알레르기 반응이 일어난 걸까. 차훈은 거울 앞에서 골똘한 생각에 잠겼다.

차훈은 오후와 함께 먹은 것들을 되짚어보기 시작했다.

전날 우리가 뭘 먹었지. 우리 어젯밤에 오도리를 먹었지. 오도리는 생새우회. 살아서 팔딱이는 새우의 머리를 따고 껍질을 까서 먹고 머리는 튀겨서 먹는 것. 맛있었는데. 맛있었지. 원래 생새우 알레르기 같은 게 있어?

오후가 물었지만 차훈은 답할 수 없었다.

오도리를 처음 먹어봐서 모르겠어.

과연 오도리 때문인 건가. 하지만 지금껏 뭘 잘못 먹었다고 해서 이런 적은 한 번도 없었는데. 혹시 어제 마신 우유가 상했나. 상한 우유를 마셨다면 배가 아파야지, 눈썹에 풀이 나는 건 말이 안 되잖아. 그렇지, 말이 안 되지. 아, 그리고 보니 며칠째 화장실을 못 가고 있는데 몸에 독소가 쌓여서 그런가. 독소가 쌓였다고 해서 눈썹에 풀이 나는 건…….

차훈과 오후는 뭘 먹었는지 되짚어보는 걸 그만뒀다.

병원에 가보는 게 좋지 않을까. 하지만 어떤 병원에 가야 하지. 피부과 가야 하지 않을까. 이게 단순히 피부 트러블인 건가, 뭔가 호르몬과 관련된 거라면 신경외과 같은 델 가야 하는 게 아닐까. 어디를 가야 할지 정확히 모른다면 대학병원에 가자, 거긴 다 있으니까, 거기 가서 물어보자.

그런 이야기를 하면서도 차훈은 자기도 모르게 눈썹을 쓰다듬었다.

그런데 있잖아, 너무… 정말이지 너무, 보드라워. 한번 만져보지 않을래?

오후는 출근했다. 오후에 출근하는 오후가 출근한 후에도 오후는 계속됐다. 오후 없이 평일 오후에 집에 혼자 있어 보는 것이 그러니까 처음이네 생각하다가 차훈은 오후에게 메시지를 보냈다. 근데 어제 눈썹 자른 거 버렸어? 메시지를 읽은 후에도 한동안 답이 없던 오후가 잠시 후에 전화를 걸어 속삭이듯 이야기했다.

너 그 이야기 알지. 손톱이랑 발톱 잘라서 아무 데나 버리면 쥐가 먹고 사람으로 변한다는 얘기. 왠지 무서워서 못 버렸어. 싱크대 밑에 열어봐.

개수대 아래 싱크대를 열어보니 작은 조미료통 속에 어제 자른 이파리가 담겨 있었다. 눈썹에 매달려 있을 때는 그걸 눈썹이라고 부를지 풀이나 이파리 같은 이름으로 부를지 쉽게 결정할 수 없었는데 소꿉놀이 같은 조그만 조미료통에 담겨 있는 모습은 분명한 이파리였다. 얼굴에서 풀이 자라다니.

밤이 되고 오후가 돌아왔다. 차훈은 낮 동안 생각한 것을 오후에게 말해주었다.

있잖아, 이유는 잘 모르겠지만 내 생각에 나는 여기에 책임이 있는 거 같아. 이걸 잘 키워내야 하는 책임. 생각해봤는데 풀은 땅에서 자라는 거잖아. 흙이나 대지 같은 곳에 뿌리를 박고 자라는 거잖아. 이 풀이 왜 내 눈썹 사이로 자라는 건지 이유는 모르지만 내 얼굴이 이 풀들에게는 흙이고 땅이 아닐까, 나라는 사람의 얼굴을 토양 삼아 자라는 식물인 거 아닐까. 그러니까 나는 이걸 무작정 뽑아내거나 죽일 수는 없는 거 같아. 그러면 안 될 거 같아….

…….

사람들 시선이 걱정인 거면 밖에 나갈 땐 모자 쓰면 되지 않을까.

처음엔 걱정하며 반박하던 오후가 나중엔 듣기만 했다. 차훈은 어쩐지 흥분해서 오후의 표정이나 기분을 살피지 못했다. 평소 조목조목

자기 생각을 말하던 오후이기에 이번만큼은 자기 이론에 설득된 것 같다고 생각했다. 오후가 잠자리에 든 다음 차훈은 그날 급하게 사 온 작은 화분 쪽으로 가 아직 물기가 마르지 않아 촉촉한 흙을 손가락으로 톡톡톡 다져줬다. 어느 집의 오래된 문이 삐거덕거리며 닫히는 소리가 삼 초 정도 들렸다.

다음 날 아침 차훈은 여느 날처럼 출근 준비를 했다. 잠에서 깬 오후가 물었다.
회사 가려고?
응, 가야지.
금세 다시 잠든 건지 오후는 말이 없었다. 언제나처럼 살금살금 출근 준비를 마친 차훈은 현관을 나서기 전 마지막으로 거울을 봤다. 모자 그림자가 드리워져서 눈썹 사이에 섞여 있는 풀들은 딱히 눈에 띄지 않았다. 정말 그런 것 같았다. 지하철역까지 가는 동안에도 지하철 안에서도 회사 엘리베이터 안에서도 사람들은 평소와 같았으니까. 평소와 다른 시선으로 차훈을 쳐다보는 사람은 없었다. 하지만 팀 사람들은 다르겠지. 사무실에 들어서면서 차훈은 침을 꿀꺽 삼켰다. 눈썹 사이에 숨은 풀들이 살짝 출렁였다. 사람들이 물어보면 뭐라고 하지, 어디까지 이야기해줘야 할까 고민하는 사이 안녕하세요 인사하고 가방을 내려놓고 의자를 빼서 자리에 앉았다. 그러는 동안 누구도 차훈에게 뭔가를 물어보지 않았다. 차훈이 점심을 먹으러 나가는 대신 출근하며 사 온 샌드위치를 자리에서 먹고 화장실을 오가고 다시 엘리베이터를 타고 퇴근을 하는 순간까지도 누구 하나 차훈의 변화를 눈치채지 못한 것 같았다. 다행인 건가 생각하며 차훈은 눈썹을 만졌다.

여전히 보드라웠고 아침보다 조금 더 자란 것 같았다.

현관에 들어서자마자 모자를 벗어 신발장 위에 두고 거울을 봤다. 오후는 퇴근 전이었다. 소매로 거울의 먼지를 훔치고 상체를 앞으로 밀어 자세히 봤다. 눈썹은 확실히 자라있었다. 그런데 첫날과 달리 아래쪽으로 조금 처진 것 같았다. 왠지 잘못한 듯한 기분이 들었다. 종일 모자를 쓰고 답답한 사무실에 앉아 있었으니 빛이라고는 제대로 보지 못했다. 풀은 햇빛을 받아야 하는데 최소한의 생존 조건도 갖추지 못한 공간에서 무려 열 시간 가까이 보낸 것이다. 이미 해는 졌고 다시 빛을 쪼이려면 아침까지 최소 일고여덟 시간은 기다려야 했다. 매일 이런 식이라면 결국 풀은 시들다가 죽고 말 거라는 결론에 이르렀다.

차훈은 초조하게 오후를 기다렸다. 자기의 논리적인 추론을 들려주고 중대한 결정을 함께하기 위해서였다. 얼굴이 너무 건조한 것 같아 물을 마시며 오후를 기다렸다. 화분의 흙이 마른 것 같아 물을 조금 더 주며 오후를 기다렸다. 물을 많이 마셔서인지 화장실을 자주 왔다 갔다 하며 오후를 기다렸다. 화장실을 나서며 거울을 보니 아무래도 풀이 아래로 점점 더 처지는 것 같아 침대에 누워 오후를 기다렸다. 오후는 오지 않았고 차훈은 생각했다. 식물은 모두 아래에서 위로 자란다. 그러니까 내 눈썹 위 풀들이 제대로 자라려면 내가 누워있어야 해. 왜 지금까지 그 생각을 못 했지.

밤이 짙어지고 올 시간이 지났는데도 오후는 오지 않았다. 이렇게 늦은 밤인데도 누군가의 집에선 세탁기 돌아가는 소리가 들렸다. 골목을 지나가는 사람이 야 이 시발년아 하는 소리가 들렸다. 그 소리를 낸 사람은 그러고선 금세 또 웃었다. 그 모든 소리를 들으며 차훈은 오후를 기다렸다. 눈썹을 만지며 오후를 기다렸다. 오후가 오면 할 이야기가 있는데 생각하며 오후를 기다렸다. 그렇게 마음속으로 퇴고할 말을 정리하다가 조금씩 잠에 빠져들었다. 아직 다 다듬어지지 않은 문장들이 선잠 속에 어지럽게 섞여들었다. 왠지 오후에게 모든 말을 다 전한 것 같은 기분이 들었다. 어느 집의 오래된 문이 삐거덕거리며 닫히는 소리가 삼 초 정도 들렸다.

해가 뜨자 차훈의 눈도 저절로 뜨였다. 전과 달랐다. 아침에 일어나는 게 힘들기만 했는데 이젠 해가 뜨니까 눈이 같이 뜨였다. 기분 탓인지, 해가 뜨는 방향으로 눈썹들이 미세하게 움직이는 것 같았다. 아주 오랫동안 해가 뜨기를 기다려왔다는 기분이었다.

언제 들어왔는지 오후는 자고 있었다. 자는 오후를 깨우지 않으려고 언제나처럼 조심스럽게 이불을 들어 침대에서 몸을 빼냈다. 가장 먼저 물을 마시고 베란다로 나갔다. 집이 좁아서 지금까지 창고로 사용해 온 베란다에 어지럽게 놓인 물건들을 살금살금 소리 나지 않게 치웠다. 이 집에서 얼마나 살게 될지 몰라서 버리지 않고 모아놓은 박스 안에 언제든 이삿짐을 쌀 수 있도록 버리지 않고 모아놓은 에어캡을 꼭꼭 눌러 담았다. 금세 더워질 것 같아서 선풍기도 꺼냈다. 씨디플레이어가 고장 나서 이젠 라디오밖에 들을 수 없지만 왠지 버리기가 아쉬워서 두었던 카세트 플레이어도 꺼내고, 마지막으로 꼭 필요할 거 같지만 부피를 너무 많이 차지하는 박스들은 테이프로 붙여놓은 부분을 갈라서 접었다.

박스를 바닥에 깔고 차훈은 그 위에 누웠다. 그 집에서 볕이 가장 잘 드는 공간이었다. 햇빛을 받으며 오후가 일어날 때까지 누워 있을 생각이었다. 창문도 조금 열었다. '미세먼지 나쁨'의 아침이었지만 상관

없었다. 눈이 부셔 눈을 감았다. 눈썹에 조금씩 먼지가 쌓이는 기분이 들었고, 어느 집의 아기가 칭얼거리는 소리를 들었고, 그러다 다시 잠이 들었다.

차훈이 깬 것은 지네의 꿈속이었다. 다리에 차훈의 눈썹이, 차훈의 이파리가 달린 지네였다. 꿈속에서도 그것이 지네의 꿈속이라는 걸 알 수 있었다. 차훈은 지네의 꿈속에서 꿈 밖의 지네 다리를 뽑으려고 하고 있었다. 지네 다리는 보기와 달리 굉장히 단단했다. 눈썹이나 풀처럼 부드럽거나 휘어지지 않았고 철사처럼 단단했다. 뽑혀? 목소리가 물었다. 안 뽑혀. 아파? 아프진 않은데⋯ 안 뽑혀. 꿈속의 지네가 대답했고 이건 지네의 꿈속인데 어떻게 대답하는 거야? 차훈이 물으니 이번엔 다시 목소리가 말했다.

지네의 꿈속에서 나는 물소리, 진흙, 두유팩, 지네의 꿈속에서 나는 아무도 알아보지 못하는 공벌레, 오렌지주스, 전봇대, 수영장, 지네의 꿈속에서 나는,

여기서 뭐 하는 거야?

베란다에 누워 있는 차훈을 오후가 내려다보고 있었다.

출근 안 했어?

응, 휴가 냈어.

오후는 이유를 묻고 싶은 표정이었지만 묻지 않았다.

병원 가보려고.

그래서 차훈은 오후에게 처음으로 거짓을 말했다.

정말이지?

응, 정말이야.

두 번째 거짓말이었다.

오후를 버스정류장까지 배웅한 후 차훈도 버스를 탔다. 버스는 오랜만이었다. 차훈은 제일 뒷자리 창가에 앉아 모자를 벗었다. 창문에 머리를 기대고 눈을 감으니 거대한 화단에 심긴 기분이었다. 이마와 모자 사이에 갇혀 있었던 땀방울이 얼굴 곡면을 따라 흐르며 눈썹 사이사이를 적셨다. 창문을 열고 바람을 느꼈다. 얼굴에 바로 닿는 바람과 풀잎들 사이를 지그재그로 진입하는 바람은 달랐다. 전엔 스쳐 갔을 뿐인 바람이 눈썹 사이사이에 거미줄처럼 얽혀들었다. 부는 방향 따라 누웠다 일어나며 바람을 품던 풀잎들이 이제 내 눈썹 속에서 자라고 있구나. 차훈은 오랜만에 엄마에게 메시지를 보냈다.

잠시 후 메시지가 왔다. 오후였고, '전체 보기'를 눌러야만 끝까지 읽을 수 있을 만큼 긴 메시지였다.

꿈이라고 하는 것은 어떤 꿈을 꾸었다고 해서 운이 좋아지거나 나빠지는 것은 아닙니다. 예를 들어서 몸에서 식물이 자란다고 한다면 기를 모두 빼앗기는 것인데, 식물은 크게 자라면서 농작물처럼 곡식을 내어주거나 과일 등을 준다고 해서 재물이 들어오거나 운이 좋아진다는 식으로 아전인수격으로 해몽이 아닌 상상을 이야기할 수는 있습니다. 그러나 그런 식으로 하는 답변에 현혹된다면 이는 몽자에게 내려진 경고를 무시하는 셈으로 위로는 될지언정, 진정한 방책은 되지 못하고 오히려 방심하게 하여 남의 운명을 망치게 합니다. 그래서 해몽 능력이 없으면 해몽하지 말라는 말이 있는 것입니다.

현실에서, 생체에는 곰팡이가 아닌 다음에서 풀의 형태를 지닌 것이 자랄 수 없으며, 자란다면 그만큼 나쁜 것도 없습니다. 본 꿈은 몽자의 기운, 정기가 다른 요소들에 의하여 훼손되고, 숙주로써 이용이 된다는 좋지 못한 상황을 지적하여, 이를 바로 잡을 것을 훈시하고 있습니다.

사람의 몸은 식물에서 좋은 정기를 충전하는 흐름을 가지는 것인데, 그것들에게 오히려 자신이 가진 것을 거꾸로 빼앗긴다는 것이기 때문에, 기로가 역행하는 셈이 됩니다.

따라서 당분간 몸을 청결하게 하고, 더욱더 튼튼하게 만들어서 건강운을 챙기시고, 나아가 좋은 취향을 계발하여, 님을 지킬만한 신선한 기운들이 내부로 들어오도록 하여, 좋지 못한 흐름을 차단하셔야 합니다.

사람을 위해서 내려지는 계시는 그것이 경고몽이나 주의몽이라고 해서 나쁜 것은 아니며, 오히려 문제를 정확하게 인식하여 개선할 기회를 주는 것이므로, 흉몽이라는 표현을 쓰지는 않습니다. 내려진 경계, 주의가 있는 훈시몽을 잘 헤아리셔서, 운명을 바로잡아 나가시기를 바랍니다.

[출처] 꿈 해몽해주세요~ 몸에서 식물이 자라는 꿈 : 지식iN

차훈은 스마트폰을 주머니에 넣었다. 이어폰에서 Nilüfur Yanya의 〈슬라이딩 도어스Sliding Doors〉가 나왔다. 맨 처음 이 노래를 듣는 순간 그 목소리에 빠진 차훈은 이 낯선 이름을 도대체 어떻게 읽어야 할지 몰라 네이버에서 이렇게 저렇게 검색했다. 검색 결과가 몇 개 나오긴 했지만 그녀의 이름을 한글로 적어놓은 건 하나도 없었다. 다시 구글에서 이름을 적고 'how'까지 입력했는데 'to pronounce'가 자동으로 완성되었다. 전 세계 어떤 이름이든 발음하는 방법을 동영상으로 알려주는 웹사이트가 있는 모양이었다. nih-luu-fur… 그러니까 최대한 소리 나는 대로 써보면 닐루푸어… 정도일 것 같았고, 다음은 어떻게 읽는 거야. pronouncenames.com도 Yanya의 발음까지는 알려주지 않았다. 그때 오후가 와서 보더니 '양야' 아냐? 했다. 서늘한 밤이네, 서늘할 량, 밤 야, 양야凉夜. 읽는 법을 어렵게 확인한 후 검색창에 한글로 다시 '닐루푸어 양야'를 입력해보았지만 아무런 결과도 나오지 않았다. 한글로 써지지 않는 이름을 어째서 자꾸 한글로 쓰려고 하는 거야. 오후가 물었다. 한글로 옮겨적지 못하는 이름이라면 부를 수도 없을 것 같은데 부르지 않으면 결국 까먹게 될 것 같아서… 잊지 않기 위해서 차훈은 몇 번 더 소리 내 말해보았다. 닐루푸어 양야, 닐루푸어 양야… 발음해볼수록 어쩐지 서늘한 느낌이 들었다.

사 분 오 초 후 노래가 끝났다. 차훈은 주머니에서 조미료통을 꺼냈다. 뚜껑을 열고 한때 눈썹이었던 이파리 하나를 창밖으로 떨어뜨려보았다. 쥐가 먹고 사람이 되면 어때서. 우리가, 너와 내가, 당신이, 한때 쥐가 아니었다고 말할 수 있는 사람이 누가 있을까. 우리가 우리 이전에 무엇이었는지 기억하는 사람이, 확실히 알고 있는 사람이 정말 있기는 할까. 그렇게 생각해 보니 차훈은 어쩐지 이전에 쥐였을 것 같다는 생각이 들어서 웃음이 났다. 이런 터무니 없는 상상을 하다니, 하지만 그 상상이 진짜라고 믿을 정도로 미치진 않았다는 걸 스스로 확인하는 웃음이었다. 웃으며, 손을 들어 눈썹을 만져보았다. 풀들은 여전히 그 자리에 있었다. 이건 정말 확실히 풀이야, 명백히 풀이야, 내 얼굴 위에서 눈썹에서 자라고 있는 풀이야. 차훈은 푸울, 하고 발음해보았다. 소리 내 말해보니 어쩐지 더 분명해지는 것 같아 기분이 좋아졌다.

차훈은 햇살 쏟아지는 창밖을 보려고 양손으로 손그늘을 만들어 옆게 썬팅된 창에 댔다. 적당한 그늘이 여기 너머를 더 잘 보이게 해줬다. 차양은 빛을 차단하기 위한 것이 아니라 보려고 하는 것을 가장 잘 볼 수 있도록 빛의 양을 조절해주는 조리개에 가까웠다. 그리고 보니 요즘 눈이 더 잘 보이는 것 같아. 차훈은 생각했다. 눈두덩 위로 옅게 드리운 그늘이 느껴졌다. 풀냄새가 났다.

「야 나 눈썹에 풀이 났어」

「야 난 거기에 새치 났다」

「ㅎㅎㅎ 근데 진짜야」

「ㅎㅎㅎ 나도 진짜야」

거의 반년 만에 보낸 메시지였다. 선재는 항상 답장이 빨리 와서 좋았다. 대학 가서 맨 처음 사귄 친구가 선재였다. 처음 사귀고 두 번째 사귀고 이런 건 어떻게 기억하는 걸까. 선재는 차훈에게 처음으로 말을 걸어준 동기였고 그래서 기억했다. 차훈은 평생 누구에게도 먼저 말을 걸지 않았으니까. 선재는 그게 어떻게 가능하냐며 진심으로 궁금해했다. 넌 물건도 안 사고 밥도 안 사 먹어? 물건도 사고 밥도 사 먹지만 가능해. 필요한 물건은 집어서 계산대로 가져가면 되고 식당에서는 메뉴 고르고 기다리면 주문하겠느냐고 먼저 물어보니까. 왜 그러는 건데. 딱히 이유는 없어, 그냥… 먼저 말하지 않아도 불편하지 않으니까. 사실, 누가 먼저 말을 걸거나 질문하지 않으면 딱히 할 말도 떠오르지 않았다. 그렇구나…. 근데 내가 너한테 뭐라고 말을 걸었어?

「근데 웬일이야. 먼저 연락을 다 하고???」

선재가 금세 다시 보낸 메시지에는 물음표가 세 개나 붙어있었다. 그러게, 왜 갑자기 선재 생각이 났지, 생각하다 보니 지금 당장 만나고 싶어졌다.

「눈썹에 풀 난 사람 본 적 없지? 보여줄게. 너 어디야?」

「그럼 나도… 농담이고, 오늘 회사 안 갔어?」

차훈은 지하철 1호선을 타고 부개역으로 갔다. 2번 출구를 향해 계단을 몇 개 오르다 고개를 드니 출구 끝에 서 있는 선재가 보였다. 햇빛이 선재의 세부 사항을 지우고 실루엣만 남겨놨지만 보자마자 그게 선재라는 걸 알 수 있었다.

차훈은 선재를 따라 사선 방향으로 횡단보도를 건넜다. 십 분 정도 기다리니 23번 버스가 왔다. 부개역에서 출발해 월미도까지 가는 인천 시내버스였다. 버스엔 사람이 많지 않았다. 차훈은 눈으로 노선도를 훑었다.

시내버스 타고 기점부터 종점까지 가본 적이 있느냐고 선재가 물었다. 종점에서 내려본 적은 있지만 기점부터 종점까지 타본 적은 그러고 보니 없었다. 대부분 노선의 중간에 타서 중간에 내리게 되니까. 선재는 많이 해 본 걸까 궁금했는데 자기도 처음이라고 했다. 선재는 그렇게 차훈이 묻지 않아도 차훈의 질문에 답해주곤 했다.

선재에 따르면 인천 23번 시내버스는 총 23대가 운행되고 있다. 기점인 월미도종점부터 종점인 부개역까지는 대략 43km이며 운행 소요 시간은 1시간 15분 정도. 심심할 때 다른 지역 버스노선도를 찾아서 전체 노선도를 한 번씩 소리 내 읽어보면 왠지 그 동네를 다 가본 것 같은 착각이 든다고 했다. 그 착각은 길게 이어지진 않고 소리 내 읽어보는 그 순간뿐이지만 낯선 지명을 발음해보는 것만으로 기분이 조금 나아진다는 것이었다. 불러주는 순간 꽃이 되는 이름처럼, 이라고 덧붙인 선재는 쑥스러운지 웃었다.

차훈은 버스에 붙어있는 노선도를, 이번에는 빠짐없이 읽어보았다.

책을 읽기 전에 목차를 꼼꼼하게 들여다보는 사람처럼.

　대동아파트 정문앞, 성일아파트 후문앞, 상동가구, 부평동중학교, 부개여자고등학교, 부개주공6단지, 부평기적의도서관·삼부한신아파트, 부개주공2단지, 오성아파트, 부광초등학교, 부흥오거리(부흥아파트), 부흥오거리(소망병원), 부평시장, 진선미예식장, 부평역, 부원중학교, 2001아울렛, 현대아파트, 부평도서관, 백운공원(부평아트센터), 상정고, 상정중학교, 선린감리교회, 십정사거리, 수출산업단지6공단입구, 신동아아파트, 인천가정법원·인천지방법원등기, 석바위시장, 석바위, 주안현대아파트, 시민공원(문화창작지대)역, 주안사거리, 도화1동행정복지센터, 도화초등학교·수봉도서관, 수봉공원·인천수봉문화회관입구, 제물포역, 미추홀구청 입구, 장안사거리, 숭의로터리·도원체육관, 경남아파트, 제2국제여객터미널, 신포역, 신포시장, 동인천역, 전동교회, 송월동행정복지센터, 송월시장, 송월동동화마을, 인천역(차이나타운), 동일아파트, 8부두, 선창산업, 월미공원역, 대한제당, GS칼텍스, 월미도(시티투어), 월미도종점.

　제물포나 월미도 같은 곳은 많이 들어서 이름은 익숙하지만 막상 가본 적 없는 장소들이었다. 그동안 목적지가 아니면 딱히 정류장 이름에 관해 생각해보지 않았는데 정류장은 대부분 아파트나 학교의 이름을 따서 짓는다거나 인천에는 '부'로 시작하는 지명이 많은 것 같다거나 하는 새로운 사실을 알게 됐구나, 선재는 늘 내가 몰랐던 새로운 걸 알려주는구나.

　공식적으로는 '기점'인 월미도종점까지 가는 동안, 어떤 정류장은 타는 사람도 내리는 사람도 없어 그냥 지나쳤다.

　아무도 타지도 내리지도 않는 정류장은, 어쩐지 좀 그렇다?

선재가 말했다.

어쩐지 좀 그렇다, 였어.

뭐가? 선재가 물었다.

네가 처음 나한테 한 말. 나는 신입생 오리엔테이션 같은 거, 어쩐지 좀 그렇다? 처음 본 나한테 대뜸 그렇게 말했는데 구체적인 이유도 없고 어떻다는 건지 설명도 없었지만 알 거 같더라고.

선재는 그랬었나… 그렇군, 하는 표정으로 잠시 차훈을 가만히 보다가 창밖으로 시선을 돌렸다. 종점에서 기점까지 1시간 15분쯤 걸린다더니 정말 1시간 15분쯤 후에 두 사람은 월미도종점에 내렸다.

뜬금없이 월미도에 데려갔으니 놀이기구를 타거나 바다에 가려나 생각했는데 선재는 반대쪽으로 걷기 시작했다. 환한 낮에도 지지 않고 번쩍이는 모텔 간판들과 바다를 뒤로하고 공원을 가로질렀다. 인천항도 지나치고 선재를 따라 더 걸으니 차이나타운이 나왔는데 선재는 차이나타운도 지나쳤다. 어딘가 유명한 관광지 같은 델 가는 건 아닌 것 같았지만 목적지 없이 무작정 걷는 것 같지도 않아서 차훈은 말없이 선재와 보폭을 맞췄다. 가끔 눈썹 사이로 흐르는 땀을 훔쳤는데 이상하게 선재는 성큼성큼 걸으면서도 땀은 하나도 흘리지 않는 것 같았다. 멀리 항구에서 기적소리 같은 것이 들렸다.

얼마나 걸었을까. 선재가 한 건물 앞에 멈춰 섰다. DVD방이었다. DVD방이라니, 라고 생각할 틈도 없이 안으로 들어가는 선재를 따라 차훈도 들어갔다. DVD 한 편 보는데 만이천 원, 두 명이면 만팔천 원이라고 했다. 120분 넘는 영화 고르시면 추가 비용 있고요.

선재는 만팔천 원을 계산한 후 DVD가 꽂힌 책장으로 갔다. DVD방에 올 거라고 생각하지 못했고 딱히 보고 싶은 영화도 없었던 차훈은 그저 그림자처럼 선재를 따라다녔다. 선재와 적당한 거리를 유지하며 그렇다고 일정 거리 이상으로 멀어지지도 않은 채로.

너 이거 봤냐?

아니, 공포영화는 딱히 찾아보질 않아서.

원래 여름 하면 호러잖아. 근데 요즘은 그렇지도 않대. 극장가도 여름이 성수기라서 할리우드 같은 데서 만든 대작 영화가 아니면 상영할 수가 없는 거지. 호러영화는 대부분 저예산 마이너 영화거든. 아무리 대중적으로 만들어도 어벤져스 같은 흥행은 기대할 수가 없으니까 요즘 같은 시대에는 더더욱 여름 성수기에 개봉할 수가 없게 된 거지. 근데 그거 알아? 공포영화 주 관객은 십 대, 이십 대래. 삼십 대 넘어가면 사실 굳이 극장 가서 공포영화를 볼 필요가 없어지는 건가, 암튼 십 대 이십 대 애들이 삼사월에는 입학이다 시험이다 바쁘다가 여유 좀 생기는 게 오월이래. 그래서 비수기인 오월에, 봄에 호러영화를 개봉하기 시작한 거지.

표정은 없었지만 선재의 말투는 꼭 텔레비전 영화소개 프로그램에 나온 영화평론가 같았다.

그게 월미도까지 와서 DVD방에서 〈쏘우〉를 보는 이유인 건가. 속으로 생각했을 뿐 소리 내 말하지도 않았는데 선재가 대답했다.

여기 온 거랑 상관있는 건 아니고, 어제 블로그에서 본 걸 한번 지껄여봤어. 이십 대 때까진 공포영화에 별 취미가 없었는데 요즘은 이상하게 좋더라고. 이런 걸 보고 있으면 묘하게 안심되는 것 같고. 어쩐지 좀 그렇더라?

영화가 시작되고 화면은 왠지 춥고 축축해 보이는 지하실을 비췄다. DVD방은 영화관처럼 완전히 암전시키지는 않아서-DVD방이 본

래의 목적을 벗어나는 불법의 온상이라서 법에서 각 방의 조도까지 규정하고 있다고 선재가 설명했다-화면에 차훈과 선재의 모습이 비쳐 보였다. 두 사람의 실루엣 위로 발에 쇠사슬을 찬 두 남자가 등장해 어째서 자기들이 그곳에 있게 된 건지 상황을 파악하려 애쓰고 있었다. 그런 두 사람에게 주어진 시간은 여덟 시간. 실제로는 100분 정도가, 영화 속에서는 여덟 시간이 모두 지나 '게임오버.' 영화는 다시 지하실 문이 닫히며 끝났다. 영화에서 말하고자 하는 바는 딱히 알 수 없었지만 선재가 공포영화를 즐겨보는 이유는 알 것 같기도 했다.

DVD방에서 나온 차훈과 선재는 다시 월미도종점으로 가 23번 버스를 타고 부개역에서 내린 후 헤어졌다. 월미도종점으로 가는 길에 여기까지 왔는데 바이킹을 타고 가는 건 어떤지 차훈이 물었지만 선재는 무서워서 싫다고 했다. 23번 버스 문이 닫힌 후에도 좋아서 지르는 건지 무서워서 지르는 건지 모를 비명이 들렸다.

차훈은 왔던 길을 반대로 따라 집으로 돌아갔다. 얼추 오후가 돌아올 시간이었다. 현관에 들어서자마자 들고 있던 모자를 신발장 위에 올려놓고 거울을 봤다. 얼핏 눈썹이 조금 파래진 것 같아 거울 쪽으로 상체를 앞으로 밀어 자세히 봤다. 딸깍, 센서등이 꺼졌다. 차훈은 불을 켰다. 고개를 돌려 각도를 바꿔가며 자세히 봤지만 기분 탓인지 정말로 색깔이 변한 건지 알 수 없었다. 가끔 오래된 형광등 불빛은 눈으로 보고 있는 색깔도 믿을 수 없게 만드니까. 차훈은 오후가 돌아오면 봐달라고 해야겠다고 생각했다. 오늘은 꼭 한번 만져보라고 해야지. 조금만 있으면 퇴근한 오후가 집으로 올 것이다. 차훈은 신발만 벗은 후 현관 앞에 그대로 벌러덩 누웠다. 어느 집의 오래된 문이 삐거덕리며 닫히는 소리가 삼 초 정도 들렸다.

-『열한 번째 영향력』(2019.05. 발표)

가을

좋은 건가
정말 몰랐지만, 실은 알고 있었던 일들

안녕, 위고
어떤 사람에게는 아무 일도 일어나지 않는다

좋은 건가

손이 라디오를 껐다. 빗소리를 더 크게 듣고 싶었다. 음, 이 소리는 마치… 누가 빗줄기를 못 삼아 천장에 못질이라도 하고 있는 것 같네. 못질하는 소리는 싫은데 이 소리는 좋은 걸 보면 잘못된 비윤가. 못 대신 빗줄기로 하는 거라 듣기 좋은 건가. 그렇다면 그렇게 나쁜 비유는 아닌 건가. 빗소리가 워낙 우렁차서 잘 들리진 않았지만, 왼쪽 오른쪽 조급하게 비를 밀어내는 와이퍼 소리는 잘 들리지 않는 와중에도 거슬리는데 빗소리는 왜 좋을까. 이게 빗소리라는 걸 모르고 들어도 좋을까. 그냥 비를 좋아하니까 그게 오는 소리가 좋은 건가, 그 소리 자체를 좋아하는 건가. 비는 왜 좋지, 사실 좋을 거 하나 없는데.

뭔가 좋다는 생각이 들면 그걸 왜 좋아하는지 생각해보는 건 손의 오랜 버릇이었다. 대체로 이유는 못 찾고 꼬리에 꼬리를 무는 질문으로 끝을 맺었지만. 이유를 찾지 못하면, 그걸 좋아하는 사람이 자기 아닌 다른 사람처럼 느껴졌다. 다른 사람 아닌 내가 좋아하는 거라면 이유를 알아야 하잖아. 이유를 모른다면 좋아하는 게 내가 아니거나 정말 좋아하는 게 아닌 거 아닌가. 그런 생각을 안 하려고 정답 비슷한 걸 생각해내려다 보면, 좋으니까 좋은 거지, 매번 같은 결론이었다. 하지만 그건 충분치 않아.

그러니까 빗소리도, 좋으니까 좋은 거지, 뭐. 이번에도 결국 만족할 수 없는 답에 이르러 낙담하려던 순간, 저기 앞쪽에 가방을 머리에 얹은 채 비를 막고 서서 손을 흔드는 사람 둘이 보였다. 손은 액셀러레이터를 밟은 발을 조금씩 들어 올리며 힘을 서서히 뺐다. 태워, 말어.

비 오는 날에는 손님을 태우기 싫었다. 그게 싫으면 택시를 몰고 나오지 말아야 했는데 빗속을 운전하는 건 또 좋았다. 비가 왜 좋은지 이유를 찾아내지 못했지만 빗속을 운전하는 게 좋은 이유는 분명했다. 천장을 때리는 빗소리가 좋았다. 크면 큰 대로 투둑투둑, 작으면 작은 대로 타닥타닥, 소리가 대체로 마음에 들었다. 편평한 돌 위에 구겨진 천을 올려놓고 방망이로 두드리면 천이 조금씩 펴지는 것처럼, 빗소리가 마음을 다듬었다. 다듬는 리듬에 집중하다 보면 어느새 정신은 온전히 리듬이 됐다. 리듬은 규칙적으로 반복되고 규칙적으로 반복되는 촘촘한 리듬 사이로는 이물질이 끼지 않았다. 그래, 못질보다는 다듬이 소리에 가깝네. 못질하는 소리는 싫지만 다듬잇방망이 소리는 좋아했으니까, 그래서 빗소리도 좋은 거야. 그 리듬을 멈추고 싶지 않은데, 하지만 택시니까, 택시라서, 사람들은 자꾸 손에게 차를 멈춰 세우도록 요구했다. 가고 싶은 곳으로 가고 싶은데 자꾸 상관없는 곳으로 가자고 했다.

젖은 사람이 택시 안으로 물기를 옮겨오는 것도 싫었다. 물기를 옮겨올 때는 반드시 다른 것도 함께 들여왔다. 비가 아니었다면 신발 바닥에 들러붙지 않았을 것들. 내릴 때도 반드시 흔적을 남기는 것들.

에이씨, 태우기 싫은데. 하지만 이미 오른발은 액셀러레이터에서 완전히 떨어져 브레이크 쪽으로 움직이고 있었다. 싫은 걸 싫어하는 이유는 명확한데, 알아도 하게 된다. 그래서 싫어하게 되나. 싫고, 왜 싫은지 아는데도 어쩔 수 없이 반복하게 되니까 더 싫어지고 이유는 점점 더 선명해지나.

손님들은 완전히 젖은 상태였다. 그래서 더 태우기 싫어졌지만, 그래서 안 태울 수 없었다.

그들은 삼천오백 원어치를 가서 내렸다. 비 오는 늦은 밤이라 차가 많이 막히지 않았다. 가끔 차가 막힐 때는 그만큼의 거리를 갔다고 해야 할지, 그 시간만큼 갔다고 해야 할지 헷갈렸다. 미터기는 실제로 이동하는 거리와 시간을 조합해 올라간다. 미터기에 찍히는 숫자는 공간과 시간을 환산한 이동 값이다. 물론, 손님을 태우지 않은 채로는 아무리 먼 거리, 긴 시간을 이동해도 값을 쳐주지 않지만.

처음 택시를 시작했을 때 손은 문득 그게 좀 억울하다는 생각이 들어 손님이 타지 않아도 미터기를 켰다. 피시는 작년에 인구 육십만을 넘긴 작은 도시라 끝에서 끝까지 가도 요금이 만 원을 넘지 않았다. 그런데 혼자 타고 다니다 보면 십만 원도 쉽게 넘었다. 십만 원이 넘어가도록 손님을 못 태우면 자신 안에 숨어있던 분노의 잠재력이 보였다. 얼마나 사소한 일에까지 화를 낼 수 있는 사람이었는지, 한번 화를 내기 시작하면 그게 얼마나 오래 가는지, 전혀 그럴 만한 일이 아닌 일에도 얼마나 쉽게 화를 폭발할 수 있는지, 그리고 나면 그다음에는 또 얼마나 쉽게 그보다 더한 화를 낼 수 있는지, 분노의 모든 가능성을 체험하고, 그때마다 한계를 넘어서는 경험을 할 수 있었다.

그러다 한번은 미터기가 더는 표시할 수 없을 만큼 숫자가 커졌다. 새벽부터 온종일 장대비가 내리는 날이었는데 이상하게 손님이 안 보였다. 어쩌다 길가에 서 있는 사람이 보이면 앞에 가던 택시가 태웠고, 어두워서 못 보고 지나치기도 했다. 그러면 괜히 앞에 가던 택시 기사의 부모와 있는지 없는지도 모를 자식과 조상의 조상까지 욕하거나, 어둠과 어두운 옷을 입어 자신을 어둠 속에 은폐한, 누군지 제대로 알아보지도 못한 모르는 사람들을 비난했다. 그럴수록 손님들은 분노가 가려버린 손의 시야를 벗어났고, 아무리 눈을 똑바로 뜨고 있어도 태울 사람을 발견할 수 없었다. 그날 이후로 손은, 손님이 탈 때만 미터기를 켰다.

기본요금이 칠백 원 오르고 얼마 되지 않았을 때였다. 기본요금이 오른 걸 몰랐는지 한 손님이 따져 물었다. 왜 이렇게 자주 올리냐 물어서 거의 십 년 만에 오른 거라 했더니 일이백 원도 아니고 너무 많이 올랐다고 투덜댔다. 그동안 물가며 기름값이 얼마나 올랐는지 들어가며 조목조목 따질 수도 있었지만 손님들과 이야기할 때는 감정에 호소하는 편이 훨씬 효과적이라는 걸 알고 있었다. 아이고 손님, 요에는 자기 차 모는 사람이 많아서 가뜩이나 손님이 없는데 요즘엔 택시까지 많아져서 택시 몰기 너무 힘듭니다. 지금도 거의 두 시간 만에 첫 손님이에요. 이해 좀 해주십쇼.

사람들은 항상 자기 입장이 있고 자기 할 말이 있다. 감정에 호소하는 방법은, 실제로 상대방을 설득하기 위한 거라기보다는 남은 할 말을 더 하지 못하게 막기 위한 거였다. 그 손님은 역시나 잠깐 말이 없었다. 방금까지 투덜대놓고 또 금세 수긍하기는 쑥스러워 별말 않지만, 역시 그 방법이 먹힌 것 같았다. 하지만 잠시 후 손님은 예상을 깨고 다시 입을 열었다. 아니 그럼, 그렇게 공치는 시간을 기본요금 올려서 메우는 거예요? 요금을 타는 만큼만 받지 않고, 기본요금 매기는 거 자체가 불합리하지 않나? 나지막한 목소리였다.

손은 백미러를 통해 손님을 봤다. 혼자 타는 여느 손님처럼 고개를 돌려 창밖을 보고 있었다. 않나? 하며 질문하는 형태를 취했지만 그건 질문이 아니었다. 그 손님은 기본요금만큼 가서 기본요금을 내고 내렸다.

택시를 시작한 후 싫어지는 게 점점 많아졌다. 손님을 태울 때마다 다른 것들이 함께 탔다. 손님은 내려도 그것들은 한참을 더 갔다. 요금도 내지 않고.

손이 택시 운전사가 된 건 택시가 좋아서였다.

손과 임이 결혼할 무렵엔 임이 택시 운전사였다. 변변한 직업이 없다고 손의 부모가 결혼을 반대하자, 성실과 정직이 특기였던 임은 택시 운전사가 됐다.

이제 어디든 우리 마음대로 갈 수 있어.

처음 택시를 배정받은 날, 조수석에 손을 태우고 임이 말했다.

손은 우리, 라는 단어가 좋았다. 헤어질 수도 있었던 우리가 택시 덕에 부부가 될 수 있잖아. 임은 우리, 라는 단어도 좋지만 어디든, 도 좋다고 했다. 그러고 보니 마음대로, 도 좋았고 갈 수 있어, 도 좋았다.

이제, 라는 단어도 물론 좋았다.

택시를 몰고 둘이 함께 제일 먼저 간 곳이 손의 집이었다.

손의 아버지는 회사 이름이 길하다고 했다. 오송택시, 다섯 그루 소나무……. 소나무처럼 변치 말고, 다섯만 낳아 잘 살라고 했다. 오송택시는 ㅍ시에서 가장 큰 택시법인이었다.

결혼 초, 임은 사납금을 다 채우고 나면 반드시 손을 태우러 왔다. 대체로 늦은 밤이었다. 드라이브는 낮보다 밤이니까, 데이트도 하고 돈도 벌고 얼마나 좋으냐고. 손님이 없으면 없는 대로 데이트니까 좋고, 손님을 더 태우게 되면 돈 버니까 그것도 좋았다. 당시만 해도 택시에 누가 먼저 타고 있는 걸 이상하게 생각하지 않았다. 임이 자랑스레 둘이 부부라고 말하고 손이 배시시 웃으면 손님들은 대부분 덕담을 건넸다. 간혹 일하는 데 따라 나왔다며 손을 타박하는 노인들이 있었지만 그러려니 했다.

임과 함께 있으면 웬만해선 기분이 나빠지지 않았다. 함께 타고 있는 걸 손님이 좋아하지 않는 눈치면, 손은 의자에 몸을 묻고 쥐 죽은 듯 창밖만 바라봤다. 목적지 없이, 어떤 손님이 타느냐에 따라 어디로 갈지가 정해지는 동승은 여행이고 모험이었다. 임은 밝은 사람이었다.

어디든 우리 마음대로 가는 것도 좋지만, 어디로 가게 될지 모르는 채 어디론가 가는 것도 재미있지 않아?

그래 놓고도 손에게 물었다.

다음 손님은 어디로 가면 좋겠어?

어디든 상관없었다.

그냥, 멀리 갔으면 좋겠어.

멀리 어디? 부산? 대구?

아니, 그렇게 멀리는 말고.

한 달에 한 번 쉬는 날에는 실제로 조금 더 멀리 가기도 했다. 부산이나 대구같이 너무 멀리는 아니었고, ㅍ시를 벗어날 정도로만 멀리. 아무도 태우지 않고 ㅍ시와 경계에 있거나 경계를 하나 더 지나면 갈 수 있는 그런 곳에 갔다. ㅍ시 경계에만 다섯 개의 시군이 인접해 있었고, 한 시간 정도만 달리면 바다에도 갈 수 있었다.

그래서 첫 번째 휴일엔 바다에 갔다. 해변에 택시를 세워놓고 해안선을 따라 멀리 걸어간 후에, 멀리서도 보이는 택시를 보는 게 바다를 보는 것보다 조금 더 좋았다.

바다는 우리 것이 아니지만 저 차는 우리 거야. 사실 완전한 우리 것은 아니지만 어디든 우리 마음대로 갈 수 있잖아? 다음 달에는 어딜 가 볼까. 다른 바다에 갈까.

하지만 바다를 오래 걸으면 신발 속에 모래도 많이 들어갔다. 신발을 아무리 여러 번 탈탈 털어도 모래알은 계속 나왔다.

분명히 다 털어냈는데 모래알이 자꾸 나와.

임은 세차하면 되니까 괜찮다고 했다. 손은 다음에는 가까운 산에 가자고 했다.

괜찮아, 바다에 또 와도 돼.

아니야, 자기 요즘 배 나온 것 같아, 운동 좀 해야겠어.

사실 임의 배는 손의 배보다 훨씬 더 납작했다. 배가 나오기 시작한 건 손이었다.

그 정도 보험금이면 택시보다는 가게를 하나 차리는 게 낫지 않겠

나는 주변 만류에도 불구하고 손은 오송택시에 취직했다. 택시기사가 된 손을 임이 봤다면 뭐라고 했을까. 배가 더 불러오기 전에 운전을 배워보면 어떻겠냐고 제안해 쉬는 날 인근 학교 운동장에서 운전을 배운 적이 있었다. 발을 서서히 떼고 서서히 밟아야 해, 확 밟고 확 떼면 안 돼. 하지만 손은 서서히라는 단어가 그렇게 낯설 수가 없었다.

어떻게 하는 게 서서히지?

어떻게 해도 차는 확 멈추거나 확 나갔다.

힘을 천천히 줬다가 빼면 되는데.

그러자 다음에는 천천히라는 단어가 생경해졌다.

얼마나 천천히 해야 천천히인지 모르겠어.

임이 말했다.

괜찮아, 운전은 내가 하면 되지!

아무래도 임은 운전을 너무 많이 했던 것 같다.

손이 취직해 다시 보니 오송은 다섯 그루 소나무가 아니라 사장의 아버지 이름이었다. 따뜻할 오에 칭송할 송, 奧頌. 그는 따뜻한 사람도 칭송할 만한 사람도 아니었지만 회사는 번성해 여전히 쿄시에서 가장 큰 택시법인이었다. 오송에 취직하자고 마음먹고서야 면허를 땄지만, 택시 회사는 나이 있는 사람을 선호하고, 손님들은 여자 기사를 선호한 덕에 취직은 어렵지 않았다. 하지만 그다음이 문제였다. 막상 손님을 태우는 게 싫었다. 택시를 향해 손짓하는 손님이 보이면 자기도 모르게 빈 차 표시등을 꺼버리거나 안쪽 차선으로 들어가 버렸다. 승객을 피해 도망 다니는 택시기사라니. 그러다 보니 매일 십만 원이 넘는 사납금을 채우기도 힘들었다. 그런데도 길에 서서 택시를 기다리는 사람들 얼굴을 보면 자기도 모르게 그냥 지나치고 싶었다. 택시

기사가 되지 않았다면 연을 맺지 않았을 사람들. 좁은 공간에 함께 타고 어디든 갈 만큼 가깝지 않은 사람들. 임이 아닌 사람들.
　그런데도 손은 매일 택시를 몰고 길에 나가는 걸 멈출 수 없었다. 집에 있기 싫은 건가, 아님 운전을 이렇게나 좋아하는 사람이었던가, 내가. 그렇게 매일 나가다 보니 어느새 자연스레 손님을 태우게 되고, 길에 인적이 드물면 버스 터미널이나 기차역 앞으로 가서 손님을 기다리기도 했다. 비 오는 날만큼은 웬만해선 아무도 태우지 않고 혼자 드라이브를 즐겼다. 누군가와 함께 타고 있는 것처럼 빈차 표시등을 끄고 익숙한 길을 달렸다.
　그날도 비가 왔다. 더는 손님을 태우지 않을 작정으로 중앙선 쪽으로 차선을 옮기는데 콜이 들어왔다. 끈다는 걸 깜빡했네.
　콜이 들어온 곳은, ㅍ시에서 가장 오래된 준종합병원 응급실이었다. 병원이면 대기하는 택시도 많을 텐데 왜 굳이 콜을 부르는 거지. 손님이 여자 기사를 원한다고 했다. 마침 가까이에 있었지만 손은 망설였다. 병원도, 손이 싫어하는 곳이었으니까. 하지만, 어디가 아픈지 누가 아픈지는 몰라도 응급실에 가야 했던 사람을 굳이 외면하는 것도 좋아하지는 않았다. 남자 기사가 모는 택시를 안 타려고 굳이 콜택시를 요청했을 누군가를 생각하니 가는 게 맞을 것 같았다.
　손이 응급실 방향으로 진입할 때 다른 택시 한 대가 이제 막 들어가 정차하는 게 보였다. 오송 차였다. 콜이 꼬인 거라면 같은 회사 사람끼리 얼굴 붉히기 싫어서 손은 입구까지 가지 않고 구석에 차를 댔다. 비가 와서 어두웠는데, 따로 조명이 없어 비가 오지 않았더라도 어두웠을 공간이었다. 응급실 앞 밝은 조명이 택시에서 내리는 사람을 환하게 비췄다. 안 기사였다. 그는 뒷좌석 문을 열고 손님을 부축했다.

저런 면이 있었나, 저 사람에게. 미리 연락이라도 해 뒀는지, 병원 직원으로 보이는 사람과 간호사가 휠체어를 갖고 나왔다. 안 기사는 간호사가 손님을 데리고 들어갈 때까지 그 자리를 떠나지 못했다. 저런 면이 있었구나…. 아니면 아는 사람인가, 혹시 사고라도 낸 건가.

콜을 부른 손님이 보이기를 기다리며 여전히 어둠 속에 있는데, 아까 그 직원이 다시 나왔다. 그는 안 기사에게 봉투를 건넸고 둘은 사이좋게 담배를 나눠 피웠다.

손은 여자 기사를 원했던 그 손님을 결국 태우지 못했다. 때마침 응급실 밖으로 나온 콜 손님이 자연스레 안 기사의 차를 탔기 때문이었다. 오송택시는 맞지만 여자 기사가 아니라서 잠시 말을 주고받는 듯했지만 손님은 곧 안의 택시를 타고 떠났다. 손은 빗소리를 들으며 병원 구석에 조금 더 머물렀다. 안이 떠나고 차폭등을 켜보니 차를 댄 곳은 낮고 낡은 화단 앞이었다. 화단에 꽃은 없고 죽었는지 살았는지 모를 풀이 듬성듬성하게 남아 있었다. 건강하세요 라고 적힌 종이컵과 담배꽁초가 화단 안팎에 잔뜩 버려져 있었다. 멀쩡한 곳보다 깨진 영역이 더 큰 시멘트는 경계석의 역할을 다한 지 오래인 것 같았고, 멀쩡히 있었대도 단 자체가 너무 낮아 안팎의 경계가 무색해진 지도 역시 오래돼 보였다.

그렇게 머물면서 지켜본 응급실 주변은 생각보다 훨씬 더 고요하고 어두웠다. 다급한 외침과 울음소리가 난무하고, 의사와 간호사들이 정신없이 뛰어다니는 응급실은 드라마 속에나 있는 거였나. 하긴, 응급실에 실려 갈 일이 평생 몇 번이나 있겠어. 손도 지금까지 딱 한 번이 전부였다.

그달에 처음으로 손은 사납금을 제하고 순수입 백만 원을 넘겼다. 택시기사가 된 지 일 년 하고도 다섯 달이 지나서였다. 임은 매달 꼬박꼬박 이백만 원이 넘게, 어떤 달은 사백만 원 가깝게도 벌어왔는데, 어떻게 그게 가능했을까. 아무래도 임은 운전을 너무 많이 했던 것 같다. 너무 무리하지 마, 하면 무리 안 하는데? 했다. 어떻게 늘 그렇게 말할 수 있었을까.

갑자기 백만 원이라는 돈이 생기니 뭔가 의미 있는 데 써야 할 것 같았다. 하지만 의미 있게 돈을 쓴다는 게 어떤 건지 알 수 없었다. 돈을 벌어놓고 쓰지 않으면 그건 또 무슨 의미인가 싶었지만, 어디에든 쓴다고 해서 그건 또 무슨 의미일까 알 수 없었다. 손은 돈 쓰는 걸 별로 좋아하지 않았다. 돈을 쓴다는 건 항상 해서는 안 되는 일을 하는 것 같은 죄책감을 동반할 뿐이었다.

딱히 어디에 쓸지 정하지 못하고, 딱히 어디에 썼다고 말하지 못해도, 시간이 지나면 자연스럽게 줄어있을 것이었다. 한 달이면 충분했다.

다시 월급날이 돌아왔을 때, 손은 고민을 계속할 필요가 없었다. 이번 달 수입은 지난달에 미치지 못했다. 애초부터 하지 않아도 됐을 고민이었음을 깨닫는 것도 한 달이면 충분했다.

오후 근무였던 손이 세 시가 넘어 차고지에 도착했다. 기사들이 모여 웅성대고 있었다. 항상 보던 모습이긴 했지만 그날은 좀 더 많은 사람이 무리 지어 있었다. 손은 평소 다른 기사들과 이야기를 많이 나누는 편이 아니었다. 그때 최 기사가 기다렸다는 듯 손에게 다가와 속삭였다.

들었어요?

손이 들었을 리 없는 그 이야기를, 최는 대답할 틈도 주지 않고 시작했다. 몇몇 택시 기사들, 그리고 ㅍ시의 오래된 병원 사이의 담합에 관한 것이었다.

담합?

새로 지은 병원들 때문에 환자 수가 자꾸 주니까, 환자를 데려오는 택시 기사들한테 뒷돈을 챙겨줬다는 거야. 일반 진료는 얼마, 응급실 데리고 오면 얼마 이런 식으로.

택시를 오래 몰았던 기사들 사이에는 이미 퍼져 있던 이야기라고 했다. 하지만 막상 응급환자를 태울 일이 그렇게 자주 생기지도 않고, 환자들 대부분 어느 병원엘 가자고 딱 집어서 요구하기 때문에 마음대로 특정 병원엘 데려가기가 쉽지 않아 그런 게 있다더라 정도로만 알고 있는 기사가 대부분이었다고. 그런데 그 와중에도 실적이 좋아서, 최의 표현을 빌리면 '아니 그렇다기보다는 법인 택시 기사 돈벌이가 워낙에 팍팍하니까' 그래도 제법 쏠쏠하게 수입을 올리고 있는 기사들이 몇 있었는데 얼마 전 병원에 데려간 환자가 수술 중 사망하는 바람에 기사 한 명이 조사를 받게 된 모양이었다. 환자 가족들은 왜 자기 남편이, 자기 아들이, 자기 아빠가 하필이면 그렇게 낡고 오래된 병원까지 갔는지, 왜 가깝지도 않은 그곳 병원에 가느라 시간을 허비해서 그의 차례가 아니었던 죽음에 이르게 된 건지 의문을 품었고, 결국 응급실로 이동하는 택시에서 아내에게 보낸 메시지 덕분에 병원과 기사 간 담합이 드러났다는 것이 최의 요약이었다.

담합이 탄로 나 처벌을 피할 수 없게 된 그는 개인택시 기사였다.

개인택시가 뭐가 아쉬워서…….

아쉬워서 그랬겠어요? 사람들이 죄다 돈에 눈이 멀어서 남의 목숨 귀한지도 모르는 거지.

오송택시에서만 삼십 년 넘게 일한 최는 임과도 꽤 가깝게 지냈던 동료로, 손이 택시를 몰게 된 후에도 이래저래 원치 않는 훈수를 둬가며, 그래도 살갑게, 이것저것 챙겨주던 베테랑 기사였다. 그런 만큼 옛날과 지금을 비교하며, 이 나라가 머지않아 돈 때문에 망할 거라고 수미쌍관으로 최소 하루에 한 번 시대 유감을 표하는 것이 그의 중요한 일과였다. 더구나 새로운 논평 거리가 생겼으니 최가 입을 다물 리 없었다.

수군대는 기사들 틈에 안 기사도 보였다. 그 역시 최 못지않게 목소리를 높여 비인간적인 담합을 성토했다.

그날 저녁, 오송택시 사장이 전 직원에게 장문의 문자 메시지를 보냈다. 오송택시에는 그런 양심 없는 기사가 없을 것이라고 믿는다, 오랫동안 시민들의 발이 되어 주고 있는 ㅍ시 최대의 택시회사에서 일하는 만큼 자부심을 가지고 앞으로도 각별히 조심하기를 바란다는 것이 요지였다. 최에 따르면 그건 꽤나 오래된 담합이고, ㅍ시 최대의 택시회사인 만큼 오송에도 그런 기사가 적지 않다고 하는데 과연 사장은 알고 있었을까, 정말 몰랐을까. 손은 알고 싶지 않았다.

이교대 근무를 마치고, 손은 새벽 다섯 시가 다 돼서야 집으로 돌아갔다. 평소와 다를 것 없었다. 거실 소파에 무너지듯 앉아 겪는 새벽 다섯 시는 그런 시간이었다. 맑거나 흐리거나, 춥거나 덥거나 상관없이 늘 어두웠고, 늘 조용했다. 새벽 다섯 시는 이렇게, 그 어둠과 적막 속에 사람을 파묻어 버리는 힘이 있는데 임은 손보다 훨씬 더 긴 시간을 일하고도 집에 와서 바로 퍼지는 법이 없었다. 새벽에 돌아오면, 집에 오자마자 바로 잠이 오질 않는다며 밥을 하고 찌개를 끓여 손을 깨웠고, 낮교대를 한 날에는 치킨이나 보쌈, 회 같은 걸 사서 돌아왔다. 가끔 장거리 손님이나 따블 손님을 많이 태웠다며 소고기를 사서 한두 시간 일찍 들어오는 날도 있었다.

빈손으로 돌아오든, 치킨이나 보쌈, 회나 소고기를 사서 돌아오든, 임은 한결같았다. 너무 한결같아서 가끔 손은 임이 낯설게 느껴졌다. 어떻게 저렇게 늘 힘을 내고 있을 수가 있지, 임은 어쩜 저렇게 항상 좋지? 저렇게 항상 좋은 임이 곁에 있어도 나는 늘 좋지는 않고, 모든 것이 좋지도 않고, 임조차도 가끔 싫어질 때가 있는데. 그런 걸 말로 다 뱉어버린 날에도 임은 화내지 않았다. 평소와 똑같이 웃으면서, 좋지 않을 게 뭐야, 그랬다. 손으로서는, 그렇게 좋은 임이 옆에 있다는 걸 제외하면 사실 좋을 만한 게 별로 없었는데, 그나마 임은 하루의 대부분을 택시에서 보냈다.

밤 근무에서 돌아온 날엔 깨어 함께 하는 시간보다 자는 임을 보는 시간이 더 길었다. 한번은 임이 자다가 낮은 신음을 냈다. 코 고는 소리와도 비슷해서 처음엔 알아채지 못하다가, 얼굴을 보고 놀라 임을 흔들어 깨웠다. 손이 전에 본 적 없는 무서운 얼굴이었다. 임은 심지어 잘 때도 웃는 얼굴이어서 그렇게 일그러진 표정은 처음이었다.

꿈꿨어? 무슨 꿈을 꿨기에.

임은 별 꿈 아니라고 했다. 일그러졌던 표정은 어느새 펴졌지만 평소만큼 웃는 얼굴은 아니었다.

별 꿈 아닌 게 아닌 것 같은데?

임이 꿈에서 본 건 다름 아닌 전봇대였다. 바람이 엄청나게 세게 부는 날 어릴 때 살던 동네를 걷고 있는데, 가로등 불빛이 비추는 바닥에 격렬하게 흔들리는 나뭇잎 그림자가 보이는 거야. 나무를 올려다봤지, 나뭇잎이 흔들리는 걸 보려고. 나무 바로 옆에는 전봇대가 있었어. 그런데 자세히 보니까 나뭇잎이, 나무가 아니라 전봇대에 붙어 있었어.

전봇대에 나뭇잎이 붙어 있었다고?

아니, 나뭇잎들이 붙은 가지가, 나무가 아니라 전봇대에서 나온 거였어.

그게 뭐야, 개꿈이네.

그러니까…. 근데, 왠지 기분이 나빠. 전봇대가 나무 옆에 바짝 붙어서 나무인 척하고 있는 게, 왠지 끔찍한 기분이었어.

손은 그 기분을 정확하게 알 수 없었고, 임은 금세 다시 기분 좋은 상태로 돌아갔으므로 일그러졌던 그 얼굴은 곧 잊었다.

새벽에 퇴근해 들어오면 손은 삼십 분쯤, 어떤 날은 한 시간도 넘게 가만히 앉아 있기만 했다. 그때만큼은 뭐가 좋다거나 싫다거나 하는 감정이 모두 사라지고 소파에 파묻힌 몸만 남았다. 뭔가를 좋아하거나 싫어하려면 최소한의 에너지가 필요했으니까. 손은 밥을 새로 하고 찌개나 국을 끓여서 간단하게 아침을 차려 먹었다. 삼십 년 전 오송택시 체육대회에서 받아온, 이제는 소나무 잎도 글자도 대부분 지워져 자음과 모음만 따로 남은 쟁반에 밥과 국을 얹고, 쟁반은 무릎 위에 얹어 티브이를 보며 천천히 먹었다. 식탁이 있었지만 혼자 쓰기엔 너무 넓었다.

밥을 다 먹으면 쟁반은 바닥에 두고 그대로 눈을 붙였다. 설거지는 이따 해도 되니까, 따뜻한 것을 먹고 나면 눈두덩도 뜨뜻해져 오니까 그때 자야 잠시나마 푹 잘 수 있었다.

배가 불러야 잠도 잘 와.

밥을 먹고 바로 누우면 체한다고 늘 손을 일으켜 앉히던 임에게 그렇게 말했었다.

배가 불러야 잠도 잘 와.

혼잣말로도 손색이 없었다.

배가 불러야 잠도 잘 와.

그렇게 중얼거리면 임이 옆에 있는 것처럼도 느껴졌다. 그러면 정말로 잠이 잘 와서 스르륵, 언제 들었는지 모르게 잠이 들었다.

응급실. 울면 시야가 흐려지고 시야가 흐려지면 임을 찾을 수 없으니까 손은 울지도 못하고 바쁜 눈으로 임을 찾았다. 며칠 밤을 거의 새우다시피한 임이 졸음을 참지 못해 도롯가에 차를 세우고 잠이 들었던 모양이다. 강도가 임이 잠든 틈을 타 돈 통을 털었는데 그 소리에 임이 깼고, 당황한 강도가 돈 통으로 임의 머리를 으깨놨다. 빌어먹을 도둑놈 새끼, 머리를 으깨 놓으면 어떻게 찾아. 빌어먹을 도둑놈의 새끼, 사람 머리를 으깨 놓으면 어떻게 찾느냔 말이야. 중얼거리며 응급실을 한 바퀴 다 돌았지만 손은 임을 찾을 수 없었다. 간호사들을 붙잡고 물어봐도 전부 모른다 했다. 빌어먹을 병원 놈들, 환자가 들어왔는데 왜 몰라. 세상에 믿을 놈 하나 없어, 빌어먹을 병원 연놈들. 평소 입에 담아본 적도 없던 말들이 쉬지 않고 입 밖으로 새어 나왔다. 빌어먹을, 빌어먹을, 그나저나 임은 빌어먹을, 어디 있는 거야!

도저히 참을 수 없을 만큼 성질이 나서, 있는 대로 성질을 부리며 응급실을 한 바퀴 더 돌았지만 손은 도저히 임을 찾을 수 없었다. 그럴 리 없었지만 혹시나 하는 마음에 응급실 밖으로 나갔다가 병원 직원에게서 봉투를 건네받고 있던 안 기사를 봤다. 저 새끼가 아직도 버릇 못 고쳤네? 빌어먹을 새끼, 천벌을 받을 새끼, 천하에 나쁜 놈. 하지만 안을 신경 쓰고 있을 때가 아니었다. 임을 여전히 찾지 못했기 때문이었다. 도대체 어디 있는 거야! 손이 소리를 빽 질렀다. 주변에 있던 사람들이 모두 손을 쳐다봤다. 안 기사 역시 손 쪽으로 고개를 돌렸다. 마치 공포영화에서 본 것처럼, 목과 몸이 완전히 분리된 듯 몸은 전혀 움직이지 않고, 목 위쪽만 도려낸 것처럼 그렇게 얼굴만 방향을 틀었다. 손은 이상하게 그 장면이 하나도 무섭지 않았다. 병원이랑 붙어먹고도 저 혼자 깨끗한 척하더니 천벌을 받았구나, 나쁜 놈의 새끼. 입에서 쉴 새 없이 욕이 밀려 나왔다. 하지만 어느새 그 얼굴은 안의 것이 아니었다. 오랫동안 만나지 못한 익숙한 얼굴이, 딱 한 번 본 적이 있는 일그러진 얼굴이 손을 가만히 바라보고 있었다.

  손이 눈을 떴다. 꿈이지만 얼마나 악다구니를 썼던지 침이 주르륵 흘렀다. 눈을 다 뜨지도 못한 채 손은 티브이를 켰다. 모자이크에 음성변조까지 했지만 손은 오송택시 사장을 알아볼 수 있었다. 사장은 자나 깨나 회사 점퍼를 입고 다녔다. 옅은 회색이라 해야 할지, 옅은 하늘색이라 해야 할지, 무슨 색이다 정확하게 말하기 어려운 애매한 색깔의 점퍼를 한겨울과 한여름만 빼고 늘 입고 다녔다. 그는 모르는 일이라고 했다. 커미션도 죄다 기사들에게 직접 가는 건데 뭐가 득 될 게 있어서 직접 주선까지 하겠느냐고. 사장 말은 일리가 있었다. 응급실에 환자를 데려왔다고 기사에게 떼어주고 사장에게 또 떼어줬다면 병원 입장에서는 별로 남는 장사가 아니었을 것이다. 하지만 담합에 연루된 것으로 드러난 사람 중에 오송택시 기사가 너무 많았다. 사장은, ㅍ시에서 가장 큰 택시 법인이라 나쁜 짓 하는 사람도 상대적으로 많은 거라고, 자기는 택시 회사를 잘 운영해서 크게 키운 잘못 밖에 없는 사람이라고, 하나 아쉬울 게 없는데 귀찮게 왜 그런 걸 하겠느냐고 고래고래 소리를 쳐댔다. 손은 한 번 더 침을 닦고 티브이 음소거 버튼을 누르고 새벽에 먹은 그릇들을 치웠다. 출근 준비를 해야 할 시간이었다.

- 『일곱 번째 영향력』 (2017. 10. 발표)

안녕, 위고

위고, 너는 정말로 문 앞에 서 있었다. 문 앞에 서 있기 전에 너는 물었다. 네가 그랬던 것처럼 나도 너에게 기꺼이 하룻밤을 내어줄 수 있느냐고, 처음 만난 나에게 십삼 년 전 네가 권했던 것처럼 내 집에서 자고 가라 할 수 있겠느냐고. 나는 웃었다. 십 년이 넘도록 만난 적이 없었다 우리는. 우리라니. 단지 '너와 나'를 한 번에 지칭하기 위해 '우리'라는 단어를 떠올린 것만으로도 우연히 마주친 동창 이름을 잘못 부른 것처럼 화끈거릴 만큼 우리는 그저 너와 나였다. 나는 기꺼이 그러겠노라고, 어디 하룻밤뿐이겠느냐고, 몇 날 며칠이고 원하는 만큼 재워주겠다고 했다. 네가 정말로 올 줄은 몰랐다.

불과 한 시간도 되지 않아 나의 진짜 대답을 기다리며 정말로 문 앞에 서 있던 너를 보고 나도 모르게, 어떻게 알았는지 이사 첫날 저녁 집에 찾아와 거주 사실 확인서를 받아 갔던 통장 아주머니를 떠올렸다. 그렇게 오랜만에 너를 보고 통장 아주머니를 떠올리다니 좀 미안한 이야기지만 정말로 미안한 일은 실제로도 문 앞에 서 있던 통장 아주머니 보던 것과 크게 다르지 않은 표정을 짓고 말았다는 것이었다.

지도에서 너를 봤어.

어떻게 된 거냐 묻지도 못하는 내게 너는 지도에서 나를 봤다고 했다. 하지만 위고에게 지도가 있고 그 지도 어딘가에 내가 살고 있다 한들 그것으로 나를 찾아낼 수는 없는 일이다. 나는 에베레스트나 소금사막이 아니고 한강이나 육삼빌딩도 아닌데 어떻게.

그런 것을 생각만 할 뿐 영어 문장으로 만들어낼 수는 없어서 하우, 하우. 하우만 반복하자 너는 한 번 더 천천히 말했다.

정말이야. 너를 봤어. 지도에서. 내가 증거야. 내가 여기 있는 것.

네가 거기에 있다는 것, 그것을 네 입으로 말하고서야 나는 네가 정말 거기에 있다는 것, 언제 어디서 출발해 뭘 하다 여기까지 오게 된 건지는 모르지만 어쨌든 먼 데서 오래 왔을 손님을 너무 오래 문 앞에 세워두었다는 것, 몇 날 며칠이고 재워주겠다 했던 내가 들어오라는 말조차 하지 않고 너를 세워두고 있었다는 것을 깨달았다. 나는 상상 속에서만 대담하고 일어나지 않을 일에 관해서만 호쾌하다.

네가 나를 봤다는 지도는 구글의 위성지도였다. 너는 목을 완전히 뒤로 젖혀 보이며 말했다. 구글 스카이뷰를 통해 서울 어딘가를 보다가 나와 눈이 마주쳤다고, 내가 그렇게 목을 완전히 뒤로 젖히고 너를 보고 있었다고, 그렇게 말했던 것 같다.

아아 그래.

그제야 기억해낸 언젠가의 나는 정말로 그런 적이 있었을 것이다. 회사 책상에 앉아 있으면 항상 상체가 C자로 구부러지는 걸 느꼈다. 자판 위 자음과 모음을 조합하고 있거나 마우스를 쥐고 흔드는 중이거나 가만히 화면을 응시하고 있던 모든 순간에 나는 손등과 이마가 마치 서로를 끌어당기는 것처럼 점점 둥그레지는 걸 느꼈다. 구부러져 있다는 걸 알면서도, 허리를 꼿꼿이 등을 반듯이 목을 숙이는 대신 시선만 화면에, 와 같은 바른 자세의 지침을 알면서도, 나는 자꾸 둥그렇게 구부러졌다. 둥그렇다는 것, 그것이 사고의 유연함이나 성격의 모난 데 없음을 가리키는 말이라면 칭찬이겠지만 몸에 대한 묘사라면 좋지 않다, 보기에 좋지 않고, 보기에 좋지 않다면 건강에도 나쁠 것이다, 라는 판단을 내렸다. 몸이 둥그렇다는 것은 아기 같거나 노인 같거나 혹은 살집이 많이 붙은 사람에게 좀 더 어울리는 것이고 어느 쪽이든 아무래도 그것은 좋지 않다, 활력보다는 사력에 가까운 것이다, 운동보다는 정지에 가까운 것이다, 라는 생각이 들었다. 그때부터 나는 의식적으로 고개를 완전히 뒤로 꺾는 연습을 했다. 그 주기는 내가 또 둥그레졌군 하고 느낄 때마다, 였는데 옆에 앉은 동료는 그게 하루에 대략 서너 번 정도 된다고 했다. 무엇보다 몹시 갑작스럽다고 했다. 옆에 없는 사람처럼 컴퓨터 화면에 몰입해있다가 어느 순간 고개를 뒤로 홱 젖혔기 때문에 좀비 같기도 하고 발작을 일으키는 것 같기도 하다고. 어쩔 수 없었다. 내가 둥그레져 있다는 사실을 깨달았을 때 즉시 그것을 하지 않는다면 남은 일은 계속해서 둥그레지는 것밖에 없을 것 같았다. 생각났을 때 즉시, 라는 것이 반드시 고개를 젖히는 속도와 강도가 매우 세게, 를 뜻하는 건 아니었겠지만 어쨌든 옆자리에 앉은 동료를 놀라게 하지 않고는 그것을 행할 수가 없었다. 내게 꼭, 이라는 말은 즉시, 와도 같았고, 즉시, 는 곧 빠르고 강하게, 였던 것이다. 둥 그런 상태에서 벗어나야 한다는 강박은 강박이기 때문에 점점 심해졌다. 강박이라고 생각할수록 더더욱 벗어나고 싶어졌다. 고개를 뒤로 휙, 생각날 때마다 꼭, 깨닫는 즉시 젖히는 일은 그러한 강박에 내리는 즉결재판 같은 것이었다.

오래 웅크리고 누워 있게 되는 주말이면 나는 일부러 옥상에 올라가 한참 동안 고개를 뒤로 꺾곤 했어. 너에게 그렇게 설명했다. 그 모든 문장을 영어로 옮기기는 힘들었기 때문에 한 문장만으로, 그마저도 식빵처럼 잘라서 한 조각씩 전했지.

그때는 가끔 그랬어.

내 몸이 너무 동그라미 같았어.

주말 동안 너무 많이 잤거든.

몸을 동그랗게 말고.

그래서 나는 옥상에 올라갔어.

그리고 고개를 이렇게.

오랫동안.

그리고 하늘을 본 건 아니었다.

네가 갑자기 나를 찾아오기 전 꽤 오랜 기간 나는 대부분의 주말을 그렇게 보냈다. 허리가 아플 때까지 자고 일어나 배가 고플 때까지 꼼짝도 하지 않고 누워 스마트폰을 봤다. 왼쪽으로 돌아누워 벽지를 보고 오른쪽으로 돌아누워 책등들을 읽다가 다시 잠들었다. 자다 자다 허리가 너무 아프면 일어나 옥상에 올라갔는데 옥상에서 무릎 나온 내복을 입고 담배 피우는 할머니를 마주친 이후로는 그것도 관뒀다.

그걸 관둔 후로는 강박이니 뭐니 하는 것도 잊고 다시 둥그렇게 몸을 말고 일을 하고 잠을 잤다.

그때의 나를 네가 본 거구나, 그럴 수도 있구나, 너무 말도 안 되는 일이어서 나는 오히려 쉽게 믿어버렸다.

그렇게 말도 안 되는 이유로 나를 찾아온 너는, 검은색이었다. 십삼 년 만에 만난 네가 낯설지 않았던 이유도 너의 그 검고 검음 때문이었던 것 같다. 무늬 없는 검은 반소매 티셔츠에 검은색 청바지, 검은 운동화를 벗자 드러난 검은 양말과 검은 가방까지. 처음 만났을 때는 겨울이어서 머리부터 발끝까지 검던 네가 유독 검다는 생각은 못 했는데 오월에 만난 너는 정말로 검었다.

오월부터 검었던 너는 유월이 되고 칠월이 돼도 여전히 검음을 검음으로 갈아입을 뿐이어서 나는 어제의 너와 오늘의 너를, 나아가 내일의 너도 구별해내기 힘들었다. 너와 내가 몇 날 며칠을 함께 보냈는지 가늠하기 힘들었다. 가끔 주말 오전 늦은 잠에서 깨면, 그제야 창문을 통과해 들어오는 빛이 비추는 너의 노란 털들이, 굳이 그럴 필요 없는데 황금색으로 반짝거리기까지 하던 너의 빛나는 털들만이 네가 다름 아닌 오늘의 너라는 사실을 일깨워줬다.

너의 이름은 빅토르 위고의 위고처럼 Hugo였다. 나는 그 이름을 제대로 발음할 수 없었다. 너의 입 모양을 보며 아무리 따라 해도 너와 똑같은 소리는 낼 수 없었다. 어쩌다 네가 바로 그거야, 하고 칭찬할 때가 있었지만 그건 순전히 우연이었으므로 너의 이름을 꾸준하고 일관되게 발음할 수 없었다. 그나마 내게는 에고, 정도가 너의 발음과 비슷하게 느껴졌지만 썩 마음에 차지 않는 일을 두고 내뱉는 한탄 또는 자포자기 같아서 그것도 싫었다. 나는 너를 우리말 표기 그대로 위고,

라고 부르기로 했다. 너의 이름과 다른 소리라는 걸 알지만 나에게는 위고, 라고 발음하는 것이 최선이라고. 정확하게 부르려다 아무것도 부르지 못하게 될 바에는 편한 대로 부르라는 것이 네 대답이었다.
　위고, 위고.
　내가 부를 때마다 너는 어디? 하고 되묻는 장난을 한동안 즐겼다. 그러면 나는 그때마다 떠오르는 장소들을 말했다. 슈퍼마켓이나 세탁소처럼 정말 가야 하는 곳일 때도 있었고, 리마나 삿포로처럼, 단지 가고 싶은 곳일 때도 있었다. 하지만 대부분의 순간에 나는 십삼 년 전 너와 헤어진 골목을 떠올렸다.

　우리는 사라예보로 가는 기차에서 만났다. 나는 여행 중이었고 너는 집으로 가던 중이었다. 동유럽의 기차는 아주 천천히 움직였다. 덕분에 나는 사흘 중 하루를 기차에서 자며 숙박비를 아꼈다. 자그레브에서 사라예보까지는 직선거리로 사백 킬로미터 정도였는데 기차로는 열 시간이 넘게 걸렸다. 한 번에 열 시간씩이나 이동할 일 없는 한국 기차는 수십 명이 한 칸에 타고, 복도랄 게 따로 없다. 하지만 동유럽 기차는 느리게 달리기 때문인지 먼 거리를 오가기 때문인지 객차마다 문이 달린 게 꼭 밀실 같았고 문을 열면 언제든 복도로 나갈 수 있어 낭만적이었다. 야간기차에는 사람이 많지 않아 마주 보고 있는 의자들을 아래로 뉘여 붙이면 침대처럼 만들 수 있었고 그러면 거기가 정말 내 방 같았다. 하지만 자그레브에서 사라예보로 이동할 때는 시간이 맞지 않아 아침 기차를 탔다. 기차는 저 멀리에서부터 오고 있는, 이미 오래전부터 이동 중인 승객들로 가득했다. 밀실 같아 낭만적이었던 객차는 갑갑한 독방으로 변했다. 낮 시간을 온종일 좁은 객차에서 보내는 것이 아쉬웠고 사라예보에 도착하면 어둑해져 있을 것이 걱정스러워 여러 가지로 편치 않은 여정이었다.

국경까지 가는 동안 거의 한마디도 하지 않았다. 객차가 가득 차 있지 않을 경우 대개 같은 칸에 탄 사람들끼리 이야기를 나누곤 했는데 사람이 가득하니 오히려 서로 말이 없었다. 그런 채로 몇 시간을 달려 크로아티아와 보스니아헤르체고비나의 국경에 도착했을 때 기차가 서서히 멈췄다. 검표원인지 입국심사원인지 아니면 둘 다를 겸하는 공무원인지 하는 사람들이 둘로 짝을 지어 표와 여권을 검사했다. 같은 칸에 탄 사람 중 내 여권을 마지막으로 받은 남자가 심각한 얼굴로 한참을 들여다보다 뭐라고 말을 했다. 붉은 얼굴에 듬성듬성한 머리카락, 불룩 튀어나온 배는 너무 전형적이어서 말을 하기 전부터 이미 위압적이었다. 그가 한 말을 알아들을 수 없었지만 어떤 문제가 생겼다는 것만은 분명히 알 수 있었다. 그는 여권에서 해독해야 할 암호라도 발견한 것처럼 이마를 찌푸리고 오랫동안 들여다봤다. 그때 그 뚱뚱한 공무원과 내가 동시에 바라본 사람이 너였다. 같은 칸에 타고 있던 사람들 중 네가 가장 젊었고 뚱뚱한 공무원은 너에게 통역을, 나는 너에게 통역을 넘어 어떤 도움 같은 것을 기대했던 것 같다.

그런 나에게 너는 아마도 돈을 요구하는 것 같다고, 네가 한국인이어서 그러는 것 같은데 그냥 줘버리라고 했다. 십 유로가 내게 큰돈이기도 했지만 무엇보다 억울한 마음이 들어 괜히 네게 반박했다. 그러는 사이 뚱뚱한 공무원은 금방 다시 오겠다며 내 여권을 들고 사라졌다. 다시 돌아왔을 땐 다행히 별말 않고 여권을 돌려줬다. 말이 통하지 않는 사람에게서 정해져 있지 않은 무언가를 얻어낸다는 것이 쉬운 일은 아닌 덕분이었던 것 같다. 너의 통역을 거치는 순간 그것은 그의 명백한 요구가 되므로 공무원은 그렇게까지는 하지 않기로 한 것 같았다.
 내가 여권을 돌려받고 나서야 기차는 다시 느릿느릿 움직이기 시작했다. 모두가 아무렇지 않게 통과하는 국경을 어렵게 넘은 후 기차가 다시 멈출 때까지 우리는 내내 이야기를 나눴다.

 서울에 오기 전 너는 파리 시내에 있는 한 다국적보험회사의 경비였다. 너의 일은 보험자와 피보험자를 알아보는 일, 어떤 사람은 위층으로 올려보내고 또 어떤 사람은 문밖으로 내보내는 일이었다. 당연히 받을 거라 예상했던 보험금을 타지 못한 피보험자들이 하루에도 수십 명씩 찾아왔다. 그들 대부분은 막 누군가를 잃었거나 무언가를 잃어버린 후였기 때문에 신분과 방문 목적을 차분히 밝히고 방명록을 쓰고 신분증을 맡기는 등의 절차를 따를 정신이 없었다. 너는 그 가운데 누구를 위층으로 올려보내고 또 누구를 밖으로 내보낼지 선별했는데 선별 그 자체도 중요했지만 무엇보다 네가 선별하고 있다는 사실을 절대로 들키지 않아야 했다. 회전문을 통과해 들어온 사람들을 미닫이문으로 내보내는 일이 너의 일이었다.
 내보낼 때는 반드시 미닫이문이어야 했어. 회전문은 한 바퀴 돌면 다시 건물 안이니까, 미닫이문으로 내보내야 곧장 건물 밖이니까.
 그러다 어느 날 너는 회전문이 반 바퀴를 돌았을 때 문에서 몸을 뺐고 다시는 그 안으로 들어가지 않았다. 대신 너는 방 안에서 책상 앞에 앉아 위성지도로 곳곳을 살폈다. 그러다 나를 봤다고 했다.
 네가 그 이야기를 할 때마다 나는 도무지 말이 되지 않는 이야기라고, 그래서 너무 아름답다고 생각했다. 말하지 않았지만, 말할 수 없었지만, 그건 분명 아름다웠다.

　지도에서 나를 보기 전에 네가 무엇을 봤는지, 무엇 때문에 한국 지도를 보기 시작했는지 그땐 몰랐다.

　십삼 년 전 우리는 서로 다른 곳에서 각자 기차에 올라 같은 곳에서 함께 내렸다. 너는 나와 속도를 맞춰 짐을 내리고 나와 보폭을 맞춰 걸었다. 싫지 않았다. 좋았다. 오랫동안 고대했던 도시인데 사라예보는 진입도 전에 나를 홀대하는 것 같아서, 고작 기차에서 겪은 그 일 때문에 역시 사람들이 거기 가지 말라고 말린 이유가 있는 거였나 하는 생각까지 하게 되어서, 그곳에 발을 딛기도 전에 사실 쪼그라들어 있었는데 그 역사를 네가 함께 통과해주어서, 고마웠다.

　생각보다도 훨씬 오래 걸려 도착한 사라예보는 생각보다 더 어두웠다. 어둠 속에서 빛나는 것은 광장을 메운 비둘기 떼의 깃털과 비탈에 가득한 비석들뿐이었다. 언제 날아오를지 모를, 천천히 걷는 비둘기들이 싫었고 누구의 것인지 모르는 죽음 빽빽한 묘지가 오싹했다. 하지만 그것이 싫고 오싹하다는 말을 내뱉기는 더더욱 싫었다. 그 말을 내뱉음으로써 그 감정을 인정한 후 돌이킬 수 없게 돼 버리기 전에 너를 만나서 다행이었다. 하지만 나는 그것 역시 말로 내뱉지 않았다. 너를 만나 다행이야 같은 말을 하려면 내가 느낀 공포와 두려움 또한 말해야 했기 때문이었다. 무엇보다 그걸 말하는 순간, 네 호의는 명백한 호의가 될 터였고, 그렇다면 네가 왜 내게 이렇게까지 호의를 베푸는지, 저의가 무엇인지 의심해보아야 하는 때 또한 명백히 올 것이었다. 나는 그것이 어떤 종류의 호의인지 모르는 채로 받고 싶었다.

　하지만 너는, 내가 예약한 숙소는 사실 오래전에 문 닫고 없는 숙소라 자기를 따라가야 한다고 주장하는 노파를 만났을 때도, 미처 환전을 못 했는데 유로로는 탑승할 수 없는 버스에 함께 올랐을 때도, 마치 처음부터 일행이었다는 듯이 곁에서 때마다 나를 구했다. 내가 고맙다고 하면 너는 별일 아니라고, 어차피 남는 동전이고, 어차피 가는 길이라 했다. 그런데 이상하게도 그럴수록 나는 빨리 너와 헤어지고 싶어졌다. 그 만남이 무엇을 의미하는지 생각하다 결국 필연적인 만남이라는 결론에 이르고 싶지 않아서 인제 그만 자연스레 헤어질 만한 갈림길에 섰으면 했다. 더는 네 도움이 필요할 일이 없을 거라 믿었기에 가능한 바람이었다. 우습게도 그날 밤의 불운은 그게 끝이 아니었지만.

내가 회사에 가서 일하는 동안 너는 내 집에서 대체로 거의 모든 시간을 보냈다.

위고, 너는 이름이 위고인데, 왜 아무 데도 안 가?

내 이름은 네가 부를 때만 위고니까 네가 같이 가야 가.

검고 큰 네가 어울리지도 않게 그런 말을 하면 나는 조금 환하고 가벼워졌다. 말도 안 되는 소리 좀 하지 말라고 해놓고는, 지하철에서 내리는 순간부터 미어터져서 두 번 다시는 가지 않겠다고 결심한 여의도에 벚꽃 보러도 가고, 여행자라면 꼭 가봐야 할 각종 궁에도 가고, 여행자라면 굳이 가보지 않을 것 같은 그저 그런 파스타 집에도 갔다.

혼자서는 정말로, 너는 아무 데도 가지 않는 것 같았다. 퇴근하고 돌아오면 항상 집에 있었고 어떻게 보냈어, 안부를 물으면 너의 대답은 항상 같았다.

괜찮았어.

뭐 했어.

별것 안 했어.

그러다 하루는 퇴근하고 돌아오니 네가 문 앞에 있었다.

문이 안 열려.

도어록 건전지가 다 된 거였다. 원래는 문을 열 때 도미솔도 같은 소리가 났는데 며칠 전부터 학교종 멜로디가 나왔다. 우리는 그게 신호인지 몰랐다. 내가 집에 돌아와서 문을 닫으면 학교종이 땡땡땡 어서 모이자 선생님이 우리를 기다리신다, 하는 노래의 일 절 멜로디 전체가 다 나왔다. 문을 닫을 때마다 학교종이 땡땡땡 어서 모이자 선생님이 우리를 기다리신다를 다 들어야 하니까 옆집 사람들이 내가 드나드는 소리를 다 듣겠다 싶어 불편했다. 너에게 도어록 만졌냐고 물어보니 딱히 건들지 않았다는 대답이 돌아왔다. 나는 나도 모르게 뭔가를 건드렸나 보다 하고 말았다. 멜로디가 바뀐 이유를 너도 모르고 나도 모르니 다시 되돌릴 방법 또한 알 수 없었다. 건전지가 마지막까지 경고하고 완전히 수명을 다할 때까지는.

검색해보니 문을 열려면 구 볼트짜리 사각형 건전지가 필요했다. 편의점까지 함께 걸으며 그제야 네게 물었다.

어디 갔었어?

잠깐 나갔다 왔어.

너는 평소와 다름없이 검었지만 그날은 왠지 더욱 검음이 짙었다. 분명 어딘가를 갔다 온 것 같았다.

어디 갔다 왔는데?

나는 집요하게 물었다. 나 없는 하루를 어떻게 보냈는지, 온종일 뭘 했는지 물었을 때 너는 단 한 번도 구체적으로 이야기해준 적이 없었다. 내가 더 캐묻지 않은 것은 너를 존중해서라기보다는 외국인은 그런 걸 싫어한다고 생각했기 때문이었다. 다만 내가 집에 돌아오면 너는 늘 집에 있었으므로, 언젠가부터는 정말 별것 하지 않았기 때문에 별일 없었기 때문에 별것 하지 않았다고, 그냥 괜찮았다고 대답하는 거라 생각했다.

구 볼트 전지를 사 와서 다시 문을 열고 들어올 때까지도 너는 말해주지 않았다. 아니 말을 안 한 건 아니지만 말을 한 것도 아니었다. 그냥 여기저기 다녔다고 했다. 문을 열고 집에 들어와서 나는 입을 닫았다.

그날 밤 우리는 내가 예약해둔 게스트하우스를 찾지 못했다. 노파가 나타나 내가 예약한 숙소는 이미 오래전에 문 닫고 없는 곳이라 했을 때 나는 당황했지만 너는 침착했다. 내게서 전화번호를 받아 네가 전화를 했고 그곳은 멀쩡하게 운영되고 있는 곳이라는 걸 확인했다. 분명히 그랬는데 우리는 그곳을 찾을 수가 없었다. 주소가 적힌 종이를 들고 일대를 돌고 또 돌았다. 이쪽으로 가볼까 하고 이쪽으로 가도, 여기도 아니라면 저쪽이 아닐까 하고 저쪽으로 가봐도, 결국 멈춰 보면 같은 자리였다. 그곳에는 작은 호텔이 있었다. 내가 예약해둔 배낭여행자를 위한 게스트하우스보다 훨씬 비싸 보이는 곳이었다.

우리는 한 시간을 넘게 헤맸다. 아무리 헤매도 다시 돌아오게 되는 곳은 그 호텔 앞이었다. 너는 사라예보에 있는 너의 아파트에서 하룻밤 묵어도 좋다고 했다. 나는 마음이 다급해졌다. 네게 더는 신세 질 수는 없다는 핑계를 댔고, 아무래도 이 호텔 앞으로 자꾸 돌아오게 되는 것이 오늘 밤은 여기 묵을 운명인가 보다 하고 농담을 했다. 오늘 밤은 일단 이 호텔에서 묵겠다고, 밤이 늦었으니 이만 헤어지자고. 너는 푹 자고 다음 날 아침 느지막이 만나 함께 밥을 먹자고 했다. 내가 먼저 해야 했던 말인데, 미안. 신세를 너무 많이 졌다고, 밥은 내가 사겠다고 했다.

네가 너의 집으로 가고 나서 나도 다시 그곳을 떠났다. 혼자서 다시 예약해둔 게스트하우스를 찾기 시작했다. 너를 보낼 때부터 그럴 생각이었다. 다음 날 아침엔 약속한 시각에 맞춰 그 호텔 앞으로 가면 될 일이라고 생각했다. 너와 헤어지고 나서 나보다 훨씬 길을 잘 아는 네가 여기는 아닐 거라고 했던 언덕으로 올라가 보았다. 오르면 오를수록 비탈에 더 많은 무덤이 보였다. 벽에 총알 자국이 그대로 남은 집마다 사람들이 살고 있었다. 모조품 나이키 운동화를 신은 아이들이 러닝셔츠 바람으로 골목을 뛰어다니며 나를 흘끗댔다. 중학생쯤 돼 보이는 무리가 지나가며 나를 향해 퍼킹 차이니즈, 하고는 웃어댔다. 조금 더 오래 헤매기는 했지만 나는 아주 높은 곳에서 내가 찾던 그곳을 발견했다. 그날 밤 나는 아주 달게 잤다.

다음날은 토요일이었다. 평소에도 우리가 매우 많은 말을 나누는 것은 아니었지만 나는 완전히 입을 닫았다. 하지만 우리는 마치 오래된 부부처럼, 혹은 부녀지간처럼, 무슨 일이 있어도 밥은 함께 먹어야 한다는 듯이 아침을 먹었다.

내가 한국 지도를 찾아보게 된 건 그 사고 때문이었어.

네가 말을 꺼냈다.

그 바다를 보고 싶었어. 봐야 했어. 경비로 일하는 동안 내가 수없이 문밖으로 내보낸 그 망연자실한 얼굴들이 자꾸 떠올랐어. 위성사진에 찍힌 배들, 물살이 갈라져 하얀 포말을 일으킨 상태로 멈춘 바다를 매일매일 들여다봤어. 어제 보고 오늘 다시 봐도 배는 같은 자리에 있었어. 배가 지나간 자리는 여전히 물살이 갈라져 있었어. 지도에서만큼은 배는 여전히 항해 중이었어. 늘 같은 자리였지만 그렇다고 가라앉지도 않았지. 영원히 침몰하지 않고 영원히 항해 중인 배. 그걸 들여다보는 걸 멈출 수가 없었어. 그러다 회사를 관뒀고, 여기에 왔어.

네 말을 들으며 나는 숟가락을 들고 울었다. 나는 묻고 싶었다. 네가 정말 지도에서 나를 본 것이 맞느냐고. 하지만 나는 믿고 싶었다. 네가 정말 나를 만나러 한국에 온 것이라고. 그런 상황에서도, 네가 그런 이야기를 하는 와중에도 나는 네 마음이 궁금했다. 그게 너무 부끄러워서 울었고, 그렇게 울면서도 네 마음을 알 수 없어서 엉엉 울었다. 하지만 내가 우는 이유만큼은 말할 수 없었다. 아마 너는 내가 너와 같은 이유로 우는 거라고 생각했을 것 같다.

그 주말 이후 나는 점점 더 오랫동안 회사에 남아 일했다. 위고가 있는 집에 가서 그를 마주하는 것이 힘들었다. 아홉 시, 열 시, 열한 시, 그렇게 조금씩 늦어지던 퇴근 시간은 새벽 한 시가 되고 두 시가 됐다. 내 집에 있는 네가 무서웠다. 너를 마주하는 일이 괴로웠다. 너를 잃을까 겁이 났다. 나를 많이 보여줄수록 결국 나는 너를 실망시키게 될 것이었다. 내가 겨우 이런 사람이라는 걸 들키고 싶지 않았다. 하지만 언제까지고 그렇게 지낼 수는 없었다.

사라예보에서 태어났지만 내전 때문에 파리에 가서 살며 이중국적자가 됐던 너는 사라예보에서 우리가 만나고 몇 년 후 그곳에 있는 아파트를 처분하고 파리에 정착했었다고 했다. 그런데 지금은 그마저도 모두 정리하고 파리를 떠났다. 처음 내 집에 온 지 며칠 되지 않았을 때 너는 모든 걸 정리해서 떠나온 거라고, 파리로는 돌아가지 않겠다고, 이젠 사라예보에 아파트도 연고도 없다고, 어디가 될지는 몰라도 아시아 어딘가에서 살고 싶다고, 가진 돈이 완전히 다 떨어지기 전에는 살 곳을 정할 거라고 했다. 처음엔 모든 걸 다 정리하고 떠나온 네가 대단해 보였고 시간이 지날수록 나는 네가 한국에 머무르게 되기를 바랐다. 한 번도 그런 이야기를 하지 않았지만 내 문밖에 서 있는 너를 본 순간 나는 그렇게 될 거라고 기대했던 것 같다. 그랬기 때문에 나는 지금껏 내지 않았던 용기를 내 보기로 했다. 그렇게 마음먹고 다른 날보다 일찍 집에 돌아왔을 때 너는 소파에 앉아 나를 기다리고 있었다. 소파 옆에는 네가 처음 지고 왔던 크고 기다란 배낭이 서 있었다.

그날, 왜 안 나왔어?
네가 물었다. 아침을 함께 먹기로 약속한 다음 날 나는 약속장소에 가지 않았다. 아니 가지 못했다. 너무 피곤했고 그래서 조금 늦잠을 잤는데 게스트하우스의 대문이 밖에서 잠겨 있었다. 전날 미처 보지 못한 안내문을 그제야 읽어보니, 그 시간에는 개인적인 사정으로 밖에서 문을 잠근다고 쓰여 있었다. 전날 헤어진 호텔 앞에서 기다리고 있을 네가 생각났지만 도리가 없었다. 나는 발을 동동 구르면서도 이상한 안도감을 느꼈다. 너를 다시는 만나지 못하면 어떡하나 아쉬우면서도 이상하게 마음이 편했다. 사라예보에 며칠 동안 머물 테니 인연이라면 우연히라도 다시 마주치게 될 거라고 생각했다.
너는 삼십 분쯤 기다리다가 호텔 로비로 가서 어젯밤 늦게 투숙한 동양인 여자에 관해 물었고 그런 손님은 없었다는 대답을 들었다고 했다. 그게 끝이었다. 우리는 그때 그곳에서 두 번 다시 마주치지 않았다. 나는 이탈리아에서 선교활동을 와 낮에는 봉사활동을 하고 밤에는 모여 대마초를 피우며 술을 마시는 무리를 만나 예정보다 며칠 더 그곳에 머물렀지만 너와 우연히 마주치는 일 같은 건 일어나지 않았다.

그런데도 십삼 년 만에 불쑥 눈앞에 나타난 네 얼굴을 바로 알아볼 수 있었던 것은 내가 그날 이후로 수도 없이 그날을 복기하고 또 했기 때문이었을 것이다.

나는 소파에 배낭처럼 앉아 있는 검은 너의 얼굴을 바라봤다. 그러고 보니 너는 실제로도 변한 게 전혀 없었다. 그러고 보니 너는 함께 지내는 동안에도 변한 게 전혀 없었다. 수염이나 머리카락이 자란 것도 보지 못했다. 우리가 처음 만났을 때와 이상하리만치 똑같아 보이는 네 옆에 앉아, 내가 물었다.

어디로 갈 건데?

맞은편에 놓인 텔레비전 화면 위로 너와 나의 눈이 마주쳤다.

-『다섯 번째 영향력』(2017.04. 발표)

파생소설

"hyperréel은 시뮬라시옹에 의해 새로이 만들어진 실재로서 전통적인 실재와는 그 성격이 판이하다. 파생실재는 가장이기 때문에 전통적인 실재가 가지고 있는 사실성에 의해서 규제되지 않는다. 그럼에도 이 파생실재는 예전의 실재 이상으로 우리의 곁에 있으며 과거 실재가 담당하였던 역할을 갈취하고 있기에 실재로서, 실재가 아닌 다른 실재로서 취급하여야 한다. (역주)"
— 장 보드리야르, 『시뮬라시옹』 (민음사, 2001, 하태환 옮김)

오, 나의 파생연인 (Oh my hyper-lover)

애인이 없는 동안에도 나는 이별 노래를 들으며 지금이라도 다시 돌아가려고 시도해보고 싶은 애인이 있는 것처럼 느끼며 그것이 새벽일 때는 자니? 하고 싶은 충동에 휩싸였다. 혹시 내가 오랫동안 기다려왔던 그 사람이 너일지도 몰라서[1], 라는 가사를 들을 때마다 내가 오랫동안 기다려왔던 그 사람이 눈앞에 있는 것처럼 느껴서 가슴이 벅차오르고 영화를 보거나 드라마를 보거나 책을 읽거나 인스타그램을 볼 때 나는 내 것이라는 확신을 갖고 설렘과 희열과 질투와 통증을

---
1 이상은, 〈둥글게〉

겪은 것은 내 옆에 평생 파생당신이 있었기 때문이었다는 걸 이제야 깨닫는다.

파생당신의 모습은 시시각각 바뀐다. 한 번도 특정한 형태를 가진 적이 없으며 그의 목소리와 말투와 성격과 체격과 체형은 다채롭다. 이제 애인이 있느냐고 누가 물어오면 나에게는 '원본도 사실성도 없는'[2] 파생애인이 있다고 답해야 한다. 실재하는 애인이 생기더라도 나는 이 파생애인과 이별하지 못할 것이며, 실재하는 애인 때문에 오히려 제2, 제3의 파생된 애인을 초래하는 결과를 낳게 될 것이다. 보드리야르는 내가 사실은 그동안 연애를 쉰 적이 없었다는 사실을 깨닫게 했다. 이래서 보드리야르, 보드리야르, 하나 보다 한다.

오, 나의 파생손 (Oh my hyper-hand)

나는 볼라벤고원에 있다. 금발 머리, 흑갈색 머리, 검은 머리에 각각 붉은색, 푸른색, 노란색 가방을 멘 네덜란드인, 네덜란드인, 한국인이 각자 한 대씩의 오토바이를 몬다. 오토바이는 전자동이다. 기어처럼 복잡하게 조작할 것은 없으며 손잡이 밑에 달린 브레이크용 손잡이를 슬며시 움켜잡거나 좀 더 지긋이 움켜잡는 식으로 속도를 조절하며 완전히 멈추고자 할 때는 손잡이와 손잡이 밑에 달린 브레이크용 손잡이가 서로 맞닿을 정도로 꽉 잡는 것으로 충분하다.

이것을 쓰고 있는 손은 볼라벤고원의 짙은 먹구름 비구름 흰 구름

---

2 장 보드리야르, 「시뮬라시옹」, 12쪽

아래를 달리는 오토바이의 손잡이를 잡았다 놓았다 하는 손이다. 오토바이의 손잡이를 잡았다 놓았다 하는 손이 이것을 쓰는 손이다. 무엇이 먼저이고 무엇이 나중인지 알 수 없다. 내가 볼라벤고원 위에서 오토바이 손잡이에서 한시도 손을 떼지 못하는 이야기는 내가 이것을 쓰는 것에 의해 파생되었으며 쓰는 손이 잡는 손의 역할을 갈취한다. 쓰는 손 이전에 잡는 손이 있었으나 쓰는 손이 없다면 잡는 손도 존재하지 않는 것이다. 적어도 이 텍스트 속에서는 그렇다.

오, 나의 파생공간 (Oh my hyper-space)

미리와 그니[3]가 창으로 가기 위해 발판으로 삼는, 발판으로 삼을 뿐 단 한 번도 그곳에 오래 몸을 묻은 적은 없는, 길게 자란 발톱을 자르기 싫어해 창으로 가는 길에 씨실과 날실 사이에 발톱이 걸리는 바람에 촘촘한 교차의 경계에서 이탈한 실들이 아지랑이처럼 솟아 있는 십만 원짜리 이 인용 소파에 몸을 기대고 식탁 의자에 두 발을 꼬아 얹은 지금 내가 있는 곳은 경기도 광주시 오포읍의 한 공간이다. 그러나 불쑥 나는 다른 장소로 가곤 한다. 그것은 대체로 과거에 내가 여행했던 곳들인데 그중에서도 가장 많이 떠오르는 곳은 호주의 어떤 항구와 멀지 않은 골목 모퉁이에 있는 작은 선물 가게를 막 빠져나오던 그때다.

이때 그때는 시간이 아닌 장소이며 내 몸 어딘가에 오래 들추지 않은 책 속에 껴있다가 아주 오랜 시간이 지난 후에 우연히 발견되는 글

---

3 함께 살고 있는 고양이들의 이름이다.

자가 모두 지워져 버린 영수증 같은 것으로, 글자가 모두 지워져 버렸기 때문에 그것이 호주의 어떤 항구와 멀지 않은 골목 모퉁이가 맞는지 혹은 실재하는 경험에 의한 기억인지 아니면 뭔가 다른 경험이나 장소에서 파생된 허구의 기억인지 알 수 없다.

다만 나는 언젠가부터 보이지 않는 누군가가 내 장소를 상자에 담아 어느 날 불쑥 배달해주고 있다고 믿고 있다. 그렇게 받은 상자들을 아무렇게나 놓아두면 이십 년 전의 호주의 어떤 항구와 멀지 않은 골목 모퉁이에 있는 작은 선물 가게를 막 빠져나오던 그때가 담긴 상자 옆에, 십육 년 전의 아주 한가롭고 인적이 드문 슈바빙 지역의 골목에 있던 한 카페에서 왠지 모를 멸시의 기운을 전하던 종업원이 커피를 놓아주던 테이블이 있던 카페가 담긴 상자 옆에, 육 년 전 제주의 해안도로를 달리던 스타렉스의 창문을 열어 불러들인 바닷바람이 기원한 위도와 경도가 담긴 상자가 놓이는 식이다.

오, 나의 파생소설 (Oh my hyper-novel)

이 소설집에 실린 것은 9편의 파생소설이다.

2020년 10월
은미향

영향력 실은 작가선

《영향력》은 독립문학잡지입니다. 별명은 '키친테이블라이팅 계간 문예지'입니다.

'키친테이블라이팅'이란 '전업작가가 아닌 사람이 일과를 마치고 부엌식탁에 앉아 써 내려간 글'이라는 뜻으로 '키친테이블노블'에서 빌려와 만든 말입니다. 《영향력》을 만드는 우리 역시 낮에는 일하고 주로 밤에 글을 쓰고 책을 엮는 키친테이블라이터입니다.

누가 우리에게 글을 보내올까, 누가 우리 책을 사서 읽어줄까, 우리는 얼마나 오랫동안 이 책을 만들 수 있을까, 그런 생각들을 하며 시작했는데 어느새 열여덟 번이 넘는 계절을 통과하며 열세 권의 잡지를 만들었습니다. 지금은 열세 번째를 끝으로 폐간했습니다.

시작할 때의 고민과 이미 폐간한 지금의 고민이 크게 다르지 않은 상황이지만 3년 넘는 시간 동안 수백 명의 키친테이블라이터가 보내온 천 편이 넘는 문학작품을 읽는 특권을 누렸고, 작가 85명의 작품 372편을 《영향력》 지면에서 소개할 수 있었습니다.

소규모 출판사 밤의출항이 띄우는 '영향력 실은 작가선'은 《영향력》이라는 잡지 덕분에 우리가 발견할 수 있었던 작가의 작품들을 책으로 엮어 소개하는 시리즈입니다.

'영향력 실은 작가선' 두 번째 소개 작가는, 은미향입니다. 은미향은 《영향력》의 발행인이자 편집인이기도 하지만 1호부터 13호까지 빠지지 않고 주로 단편소설을 투고해 온 소설가이기도 합니다. 더 많은 분들이 은미향 작가를 소설가로 함께 발견해주시면 좋겠습니다.

2020년 10월
밤의출항

은미향
2015년 첫 독립출판물, 단편소설방 001 『모자이크』를 냈다.
2016년 2월 《영향력》을 창간해 단편소설, 초단편소설, 시 등을 발표했고,
2020년 7월 《영향력》을 폐간했다.

영향력 실은 작가선 02
울 땐 엎드려 울어
ⓒ은미향 2020

초판발행   2020년 10월 20일

지은이   은미향
편집   은미향 김정애
디자인   은미향

펴낸곳   밤의출항
출판등록   2017년 6월 26일 제2017-000045호
연락처   sail2nightbooks@gmail.com
ISBN   979-11-961538-6-1

이 책의 판권은 지은이와 밤의출항에 있습니다.
이 책 내용의 전부 또는 일부를 재사용하려면 반드시 양측의 서면 동의를
받아야 합니다.

밤의 항해